美丽谷街奇妙事

LES CONTES DE LA FOLIE MERICOURT

[法] 皮埃尔·格里帕里 著　马振骋 译

上海译文出版社

图书在版编目（CIP）数据

美丽谷街奇妙事 /（法）格里帕里（Pierre Gripari）著；马振骋译 .
-- 上海：上海译文出版社，2017.8
（夏洛书屋：精选版）
ISBN 978-7-5327-7477-7

Ⅰ．①美… Ⅱ．①格… ②马… Ⅲ．①儿童故事－作品集
－法国－现代 Ⅳ．①I565.85

中国版本图书馆 CIP 数据核字（2017）第 054400 号

美丽谷街奇妙事
LES CONTES DE LA
FOLIE MERICOURT

PIERRE GRIPARI
[法]皮埃尔 · 格里帕里 著
马振骋 译

责任编辑 黄雅琴
装帧设计 柴昊洲
版式设计 申祁颉工作室

上海世纪出版股份有限公司
译文出版社出版
网址：www.yiwen.com.cn
上海世纪出版股份有限公司发行中心发行
200001 上海福建中路193号 www.ewen.co
上海景条印刷有限公司印刷

开本890×1240 1/32 印张6 插页2 字数 55,000
2017年8月第1版 2017年8月第1次印刷

ISBN 978-7-5327-7477-7/I・4565
定价：26.00元

CONTENTS

目录

搬场工

就在我家对面，巴黎美丽谷乐园路上，有一家搬场公司。在这家搬场公司里工作的是些大小伙子，非常客气，非常强壮，大家称他们是搬场工。

这些搬场工，我都很熟，是哥们。我经常看到他们来来去去，到了又走了，搬动很重很重的家具，日夜坐在卡车里往来。我也会在那家咖啡餐厅遇到他们，馆子叫“达尼之家”，我在那里吃中饭，他们常去那里喝上一杯，我也一样。

有个青年匹诺曹，
鼻子又小又好笑。
有个胖胡子，
出身男爵不想让人知。
有个帅哥叫露露，
什么事都信口开河。
有个了不起的勒内，
冬天夏天一样黑。
还有一个红头发
牵了狗狗常溜达。
当过水手的叫代代，
车子从早开到晚。

还有个大块头雅克，
一巴掌打得人趴下。

还不要忘记看管工具箱的胖嘟嘟，所有这些小伙子，我看到他们，我碰上他们，我招呼他们，我跟他们握手，但是我不想给他们活儿干。

后来有一天，我遇见我的朋友皮埃尔。我们相互问个好，他先对我说，我后对他说，两人聊了起来，我对他说了什么，再也记不起来……尽是些非常正确，非常有道理的话，就和我惯常所讲的一样……但是他自有他的想法。他对我说：

“不，这样是不行的！你应该搬家！”

“决不搬，”我对他说，“我留在这里。我很喜欢这个街区！”

但是他并不回答，耸耸肩，一声不出走了。我不大明白，但是这不重要。不管怎么样我心里很踏实，我不搬家，我的朋友皮埃尔错了。

后来又有一天，我遇见我的朋友保尔。我们相互说晚上好（这次已是傍晚了），他先对我说，我后对他说，两人聊了起来，我对他说了什么，实在记不起来了……反正理智、透彻、深刻……但是这不是他的意见。他怪声怪气地对我说：

“不，这样吧，你搬个家！”

“咦！你也这么说！”我回了他这句话。

“你要彻底搬！”他对我重复说。

他头也不回走开了。

这次，我感到了不安。整夜睡不好。第二天早晨，我刷牙时望着窗子外面。我窥见胖胡子，就是那个不爱让人知道身份的男爵，他在对面人行道上踱方步。我急忙漱口，疾步走下楼梯，穿过马路，追上去说：

“早安，胖胡子。你爱我吧？”

“这要看情况，”他对我说，“有什么事吗？”

“赚钱的事儿！”

“喔！那样我咋会不爱你吗！”

他伸长耳朵仔细听。我对他说：

“是这样的，我好像要搬家。”

“这么回事！”他对我说，“你要换个街区？”

“不，这我决不会干的！我还是愿意留在这里！”

“那样的话，你有什么要跟我说的？”

“我把人家跟我说的话说给你听一听。最早是皮埃尔跟我这样说，后来是保尔跟我这样说。可是保尔并不认识皮埃尔！然而保尔跟我说的话与皮埃尔跟我说的话一模一样，这一切皮埃尔又没对他说过，因为，就像我对你说的……”

但是胖胡子没有让我往下说：

“你这些事我一点不懂……先说说你要往哪儿搬？”

“我不知道……”

“那好哇，先把事情想想好。当我们知道了，那时候再看吧。”

我们说到这里就分手了。

接下来的日子里，我遇到不少朋友。我看见他们，一开始就问：

“嗨，你不知道我往哪儿搬吧？”

在这六七天的日子里，没有一个人晓得怎样回答。

终于到了第八天，我遇见我的女友埃格朗蒂纳。这是快到中午的时间，我们相互祝贺胃口好，她先对我说，我后对她说，我们聊了起来。我又一次对她说了一些事……我记不清确切说了些什么，但是那么精辟、得体、聪敏、真实、卓绝……还超过平时！埃格朗蒂纳听到这里，像其他几个人那样回答我：

“唉！嘘！不行不是吗？那就搬个家吧！”

我听到这句话，把她抱在了怀里：

“我的亲人！我的爱！我的宝贝！我的小珍珠！我的甜心巧克力！你是女中豪杰，出类拔萃，独一无二，无与伦比！你终于可以给我说说往哪里搬，我心中还没个数呢！”

她挣脱身子，退后一步，然后气冲冲对着我说：

“搬到你的脑袋瓜里去，可怜的傻蛋！”

她说完这句话就走去吃中饭了。

我没有设法留她，因为这下子我知道自己要什么了。

第二天早晨，我一边用脚指头搔痒，一边往窗外瞧，瞧见帅哥露露，就是说话爱胡扯的那个人。我穿上鞋子，走下楼去。

“你好，露露！你爱我吗？”

“可能吧……有什么事吗？”

“赚钱的事儿。”

“怎么赚呢？”

“搬家。”

“喔！那样的话，我爱死你了！”

他把我的话听进去了。而我有意等待几秒钟后又问他：“你不问我往哪儿搬吗？”

“当然要问的，我在这里问你，往哪儿搬？”

“哪儿都不用去。好像就在我的脑袋瓜里搬！”

这时，帅哥露露拉长了脸回答：

“这倒有点儿不一般。稍待片刻，行吗？”

他嗖地一下不见了。后来又回来了。

“伙伴们都同意，但是你先请我们喝一杯！”

“你们爱喝什么喝什么！”我说。

我们大家都走进了“达尼之家”。

在咖啡馆内，我依照说好的给大家埋了单，大家喝了各自爱喝的东西。

青年匹诺曹给自己点了一杯果汁汽水。
胖胡子要了一杯歌海娜。
帅哥露露喝杯果汁就可以。
了不起的勒内犒赏自己一杯双份咖啡。
红头发大个子偏爱喝红酒。
老水手代代把橘子汁一饮而尽。
大块头雅克只来上一小杯干邑。

胖嘟嘟这些东西都不喝，但是啃上了一根橡皮骨头。

喝完后，我的搬场工朋友卷起袖子，异口同声说：

“现在，干活！”

他们登上了大卡车，开进了我的头脑里。他们到了里面，就开始翻箱倒柜，打包卷东西，搬来又搬去……我的耳朵里闹得地动山摇。这时候，我嘴巴张开，给他们提供空气，两眼圆睁，让他们能够看得出在哪儿下脚！

最后，卡车慢慢退了出来，搬场工也跟着车一起。

这时候他们把自己装上车的东西又都卸了下来。卸了还有要卸的，卸了还有要卸的！我以前不知道自己头脑里竟可以装下那么多东西！占满了从特诺路路口到地铁入口的人行道。

“现在这些东西该怎么办？”搬场工问我，“是不是把这些家当都留在这里，明天早晨让清道工搬走！”

“你们说得对！”我对他们说。

我开始挑选，因为有的东西已经坏得不能再用，我把我要留下的东西放在一边，然后问：

CAFÉ
Chez
DANY

“你们不累吗？”

“我们，累？没这回事！”

“你们可以再把它们放回我的头脑里吗？”

“可以啊，干完活你再请我们喝上一杯吧？”

“同意。”

于是他们又把那些有用的东西装上卡车，然后驶进我的脑袋，他们卸下东西，拖拉搬运，一丝不苟，放到原位上……终于他们筋疲力尽了，而我也只想去睡觉！

当他们最后从里面出来，我问他们：

“你们都清理好了吗？”

他们回答说：

“没有，我们没法清理，还多了那么多！”

“多了什么？”

“你自己瞧！”

我朝卡车里看，我看见……哗啦啦！还有那么多东西是我头脑不再要的！

一次葬礼

一只狐狸

一个女巫

两位药剂师

四个魔鬼

一艘船

一个食人妖魔

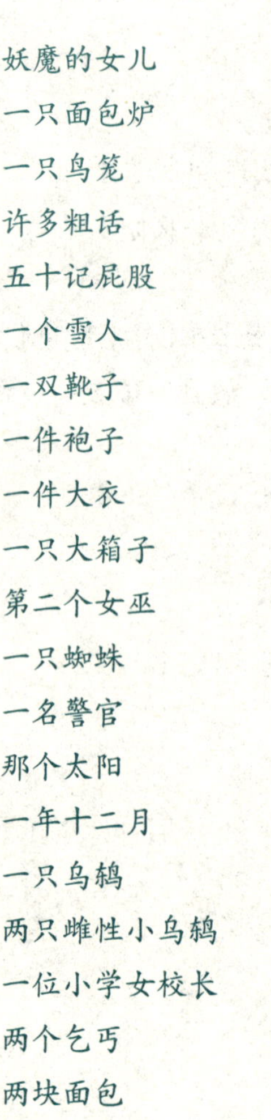

妖魔的女儿
一只面包炉
一只鸟笼
许多粗话
五十记屁股
一个雪人
一双靴子
一件袍子
一件大衣
一只大箱子
第二个女巫
一只蜘蛛
一名警官
那个太阳
一年十二月
一只乌鸫
两只雌性小乌鸫
一位小学女校长
两个乞丐
两块面包
几个魔鬼
一位公主
一个女孩
第三个女巫

一台电脑
一只大狗熊
一个农民
一只小鸟
一只气泡
一座水城堡
一条章鱼
一名魔法师

还有许多许多其他东西！当我看到这一切，我真是要掉眼泪。

我张口大叫：“我拿这一大堆劳什子做什么用呀？”

“扔了吧！”大块头雅克对我说。

“但是我不愿意扔！东西还是蛮好的！”

“那就留着吧，”匹诺曹对我说。

“我要留着，但是往哪儿放呢？”

“那就给人家吧！”代代对我说。

这时，我开动脑筋：“这主意不错……但是给谁呢？”

大家一声不出，然后了不起的勒内——那个冬天跟夏天一样黑的人——叫起来：

“我有个主意！你不是写书吗？”

“是的，”我说，“我写书……”

“那么，把这些都写到一部书里去！像这个样，谁要看，谁就拿了去看！”

我就这样写下了这部书。你们如果仔细阅读，就会看到我搬家后多余的东西。

这天傍晚，不用说我又请了大家一次客。要是这次你们不清楚我的朋友喝了什么，这是因为我自己都记不起来了。

1982 年 1 月

狐狸和它的尾巴

（俄罗斯童话）

从前，在一个遥远的地方，有一个年纪老老的老农，跟他的老伴住在一个小村子的一座小房子里。后来有一天，这个老伴莫名其妙就死了。

老农很爱他的老伴，要给她办个隆重的葬礼，好让村里的人长久谈个不休。但是要办成这样，首先要找个哭丧女人。

什么叫哭丧女人？

哭丧女人，在这个地方，就是出钱雇用在丧礼中哭哭啼啼的人。

你会跟我说，怎么，死者家属难道不哭吗？哭，死者家属当然也哭的。但是他们哭得没有艺术，不讲究章法，随着性子来……不像专业人员哭得声情并茂有艺术！

于是我们的农夫到森林里去找个哭丧女人，一开始他遇见一头熊。

“你好，熊。”

“你好，农夫。”

“熊啊，你说你愿不愿意给我的老伴去哭丧？”

“你给我什么报酬呢？”熊问。

“我给你两只母鸡。”

“同意。就在今天哭吗？”

“是的，但是等等！首先哭几声让我听听！”

于是熊开始吼叫：“呦！呦！可怜的老伴！你走了！真叫人难过啊！”

老农遮住耳朵：“不，不，这样不行！你不会哭！”

他往前走了不久，遇见一头狼：

“你好，狼。”

“你好，农夫。”

“你愿不愿给我的老伴去哭丧？”

“你给我什么报酬呢？”狼问。

“我给你两只母鸡。”

“同意。就在今天哭吗？”

“是的，但是等等！让我听听你是怎么哭的！”

于是狼开始嗥叫：“呃！呃！可怜的老伴！你走了！真叫人难过啊！”

它的嗥叫声那么响，农夫喊了起来。

“走开！走开！你的噪音真难听！”

他又往前走了不久，遇见一只狐狸。

“你好，狐狸。”

“你好，农夫。”

“你愿不愿给我的老伴去哭丧？”

“你给我什么报酬呢？”狐狸问。

“我给你两只母鸡。”

“两只母鸡，同意。母鸡我最爱吃了……”

“是的，但是我要先听听你的声音！”

于是狐狸开始唱，开始哀悼，声音圆润好听。

“嘟噜噜，可怜的老伴啊！你抛下了我们！嘟噜噜，你可怜的老头儿再也见不着你了……”

这次，农夫听了很中意：“狐狸啊！你哭得真好听！可以啦，跟我来吧！”

他带了狐狸回到村子，邀请大家来参加葬礼。大家起初都集中在房子里，狐狸开始哀悼。

“嘟噜噜，我可怜的老伴！嘟噜噜……”

每个人都满意。

然后，有人抬起棺材，搬运至墓地。在路上大家都默不出声，老农对狐狸说：“狐狸，劳你驾，再哭上几声！”

“愿意效劳，”狐狸说，“但是要加两只母鸡！”

“可以，这还用说，给你四只母鸡！给老伴下葬这号事也不是天天有的。”

于是狐狸又哭了起来：“嘟噜噜，可怜的老伴！嘟噜噜，我们是多么爱你啊！”

全村的人张口结舌，不胜钦佩。

最后，大家都到了墓地，一直来至挖开的坟墓前。

在把老妇往坑里放的时候，农夫又提出要求："狐狸，我请你最后再唱一次！"

"我很乐意，"狐狸说，"不过你要再加我两只母鸡！"

这下子叫老农非常为难：他一共才只有四只母鸡！然而他为了让村里的人在老伴的葬礼上热热闹闹，立即回答说："好吧，没问题！六只母鸡不会少你的！"

狐狸于是又哭了起来："嘟噜噜……"与此同时，有人把棺材放了下去，有人拉绳子，有人往坑里填土。填满后，村民拥抱老农，劝慰他，夸奖他……大家都兴高采烈，从没见过这样风光的葬礼！

当一切结束，狐狸对农夫说："现在，你把我的六只母鸡给我吧。"

怎么办呢？老农想了又想，突然有了一个主意。他一回到家，就拿起一只很大很大的口袋，在袋底放了两条狗，再在上面放两只母鸡，在最上面又放两只母鸡。然后他封好袋口，交给狐狸。

"收下吧！这里面是你的六只母鸡！"

"谢谢，农夫！"狐狸说。

它把口袋扛在肩上，回头往森林走去。但是刚走到森林边上，它舔舔嘴唇："我要是先吃上两只怎么样？"

它在一棵桦树下坐定，打开口袋，吃了上面的两只母鸡。然

后合上口袋又走了。

但是走到离它的窝还有一半的路，它觉得嘴里味道很淡，它又想："我要是再吃两只怎么样？"

它在一棵松树下坐定，再打开口袋，吃了下面的两只母鸡。吃完以后它又合上口袋，又扛在肩上，继续赶路。

这次，一直走到了自己的洞口。但是才走到门前，口水又滴了下来："我要是再把最后两只鸡吃下去怎么样？"

它在一棵栎树下坐定，打开口袋……但是，这次，是两条狗扑到它的脸上！

这时我们的狐狸跑，竭尽全力跑，迅速躲进了洞里，两条狗就在洞口继续狂叫，用爪子抓。

脱离了险境的狐狸坐在地上，说：“我的耳朵，我的小耳朵，你们做了些什么？”

它的耳朵回答说：“我们在听，在听，不让狗狗对你发动袭击！”

“你们，我的眼睛，我的小眼睛，你们做了些什么？”

“我们在看，在看，不让狗狗把你逮住！”

“而你们，我的爪子，我的小爪子，你们做了些什么？”

“我们跑啊跑的，不让狗狗把你咬死！”

这时候，狐狸转向它最引以为骄傲的部位，说：“而你，我的尾巴，我那美丽又毛茸茸的尾巴，你又做了些什么呢？”

“问我吗？我一路上被荆棘钩住，遇上灌木丛钻不出来，让你逃不快，让你给狗狗吃了！”

狐狸听到这话，感到恶心。为了惩罚自己的尾巴，把它伸出洞口，对着洞外的狗狗喊叫：

“你们把它拖去吧，我不要了！”

但是它这样做可以说是一时失算了，因为狗狗咬住尾巴往外拖，把狐狸也拖了出去，生吞活剥吃了。

皮里皮皮，两种药水，一个女巫

你们认识我的少年朋友吗？
他叫皮里皮皮。
他有两条胳膊，两只眼睛，两条腿，
一个头，一张嘴，一只鼻子，
满脑子的主意有条有理。

皮里皮皮第一次跟我说话时，问我：

“你是皮埃尔先生吗？”

“是啊，我是皮埃尔先生。”

“那么给我讲个女巫的故事吧！”

女巫的故事，我可没有装在口袋里，可以掏出来就是……而且我太累了，不想编！为了拖延时间，回答说：

“我说不了，我牙痛！”

皮里皮皮第二次跟我说话时，问我：

“你好，皮埃尔先生，你牙痛吗？”

我已经把这件事忘了，无心地回答：

“不，我牙不痛……”

“那么，给我讲个女巫的故事吧！”

嘿！我有其他事情要忙呢，于是为了图太平，回答说：

“我不能，我腿肚子痛！”

皮里皮皮第三次跟我说话时，你们可以猜到他问我什么了：

“你好，皮埃尔先生，你腿肚子痛吗？”

这次我不犯傻了，立刻明白了意思，于是对他说：

“听我说，年轻的朋友，如果是要我给你讲个女巫的故事，这事到此结束！不要再指望了！”

“为什么？”

“因为我再也没有了！”

“你为什么再也没有了？”

“因为我再也想不出来了！”

“你为什么再也想不出来了？”

“因为我再也无心去编了！”

“那么，就讲那些老的吧？”

“那些老的你都已经读过了！”

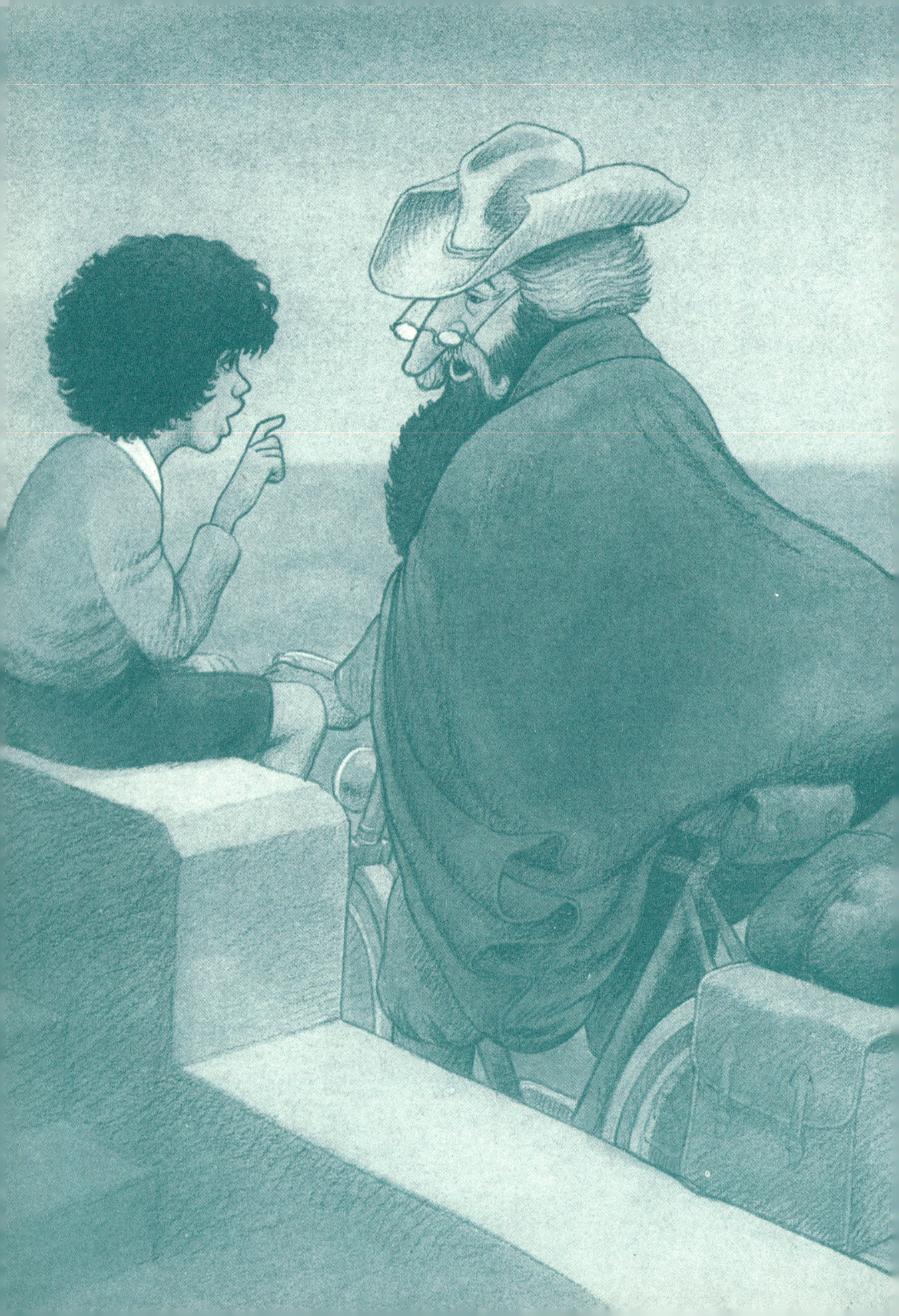

“但是我要你给我讲！”

“不！”

“给我讲《莫夫塔街的女巫》吧！”

“这早已写过了！”

“给我讲《扫帚间里的女巫》！”

“也早写了，老掉牙了！”

“给我讲《比波王子》！”

“这应该早就想到啦！”

“给我讲《国王儿子勃鲁勃》！”

“这个我已讲过一百遍了！”

“没关系！多给我讲一遍！”

“不应该说：‘多给我讲一遍！’”

“那应该怎么说？”

“应该说：‘再给我讲一遍！’”

“再给我讲一遍吧！”

“不！”

“那又何必要我再说一遍呢！好吧，给我新讲一个。”

“不应该说：‘给我新讲一个！’要说：‘给我另讲一个！’”

“要是我说了，你给我讲故事吗？”

“不！”

“那就去你的吧！”

“不应该说：‘那就去你的吧！’”

“应该怎么说？”

“应该说：‘你叫我很生气！’”

“好吧，你叫我……”

这时候说实在的，我的少年朋友说的最后一个词我不敢写出来。

这次以后，你们可能以为我的少年朋友皮里皮皮再也不会纠缠我了吧？这是你们对这人认识不足！

你们看看吧，反正我已对你们说过。

他有两条胳膊，两只眼睛，两条腿，
一个头，一张嘴，一只鼻子，
满脑子的主意有条有理！

那天晚上，我已躺在了床上。但是刚要入睡，皮里皮皮把我唤醒：

“皮埃尔先生，给我讲个女巫的故事吧！”

我说不，我没有说是。但是我的少年朋友一夜没让我睡！第二天早晨，我去我的那家药房配药。

我的药剂师叫灵丁丁。
他有一个脑袋，一个胸脯，一个肚子，
两只耳朵，两只脚，两只手，

店里有一大堆东西。

我对他说："你好，灵丁丁先生！您店里有没有让人喝了变乖的药水？"

"乖成什么样？像个图画里的天使吗？"

"我求您让他比这还要乖上几倍！这是我的少年朋友皮里皮皮，他闹得我整晚不能睡！"

"那很好，"药剂师对我说。

他拿起一只瓶子。

"听着！睡前服一勺。只能一勺，听见了吗！这是一种烈性药水！"

"您相信他喝了就会变乖吗？"

"乖得就像漫画书里不会动的图画！"

那天晚上，我上了床。皮里皮皮像前一天那样问我：

"皮埃尔先生，给我讲个女巫的故事吧！"

我没有说不，我说可以。

"啊！那可太棒啦！"皮里皮皮说。

他坐在我的床罩上。

这时我装得像来了灵感似的，想上一想，开始讲：

"从前有一个女巫，一个心灵手巧的女巫。她会做饭，她会打扫；她会做果酱，她会做奶酪。她尤其会做一种奇妙的糖浆……说到这里，你要不要尝一尝，那个糖浆……"

皮里皮皮对我说："尝糖浆这也属于故事的一部分吗？"

我撒了谎，我说："当然，这是故事的一部分！"

我取出那瓶烈性药水，打开塞子，斜着倒满了一勺，递给他。他喝了下去，说声谢谢，然后横在我的床罩上睡熟了。

这时候，我站起身，把他抱起，抱了他走，把他放在他的床上躺好，我又回到自己的床上。

我先是做梦梦见了花，五颜六色的都有。

我后来做梦梦见了动物，有的动物非常非常美。

后来我又梦见几个男孩，我问了他们的名字。

其中有个小男孩，
名字叫做贝拉巴巴。
还有个小少年，
名字叫做贝洛波波。
还有个小滑头，
名字叫做贝兰潘潘。
他们与我，成了哥们。

我走在他们中间散步，大家相互嘻嘻哈哈，眼睛眨巴眨巴……后来其中有一个拉我的衣袖说："后来呢？"

"什么后来呢？"

"喝了糖浆后她做了什么？"

“谁？”

“那个女巫啊！”

我翻了个身，你们可能已经猜到了。

我有个少年朋友，
他叫皮里皮皮。

我问他：“你在这里做什么？”

“跟你一样啊，睡觉、做梦……那时候，那个女巫做了什么？”

事实上，事实上，我的少年朋友皮里皮皮，满脑子主意有条有理！但是我这人也不笨，我回答他说：

请等我一分钟，
说上十声佐特，

二十声克劳特，四十声弗吕特！

“同意，”皮里皮皮对我说。

还没等到换口气，立即开始了：“佐特、佐特、佐特、佐特……”

“别那么快！”我对着他喊道。

我着手寻找一家梦药房。很幸运的是这个区里有一家。

药剂师有一只狗的头，
两只角，三只眼睛，四只手，
头上有根无线电天线，
三只屁股，三只脚，两个骨盆，
总之，作为梦药剂师，
这么一个药剂师真合适！

我问他：“您好，药剂师先生。您有没有催人醒来的药水？”

“您要催人醒来？”药剂师对我说。

“是个多动的小男孩，他让我没法做美梦！”

“您有药方吗？”

“药方？没有。为什么要有药方？”

“那当然！您从哪儿来的？”

“对不起，”我说，“我不是本地人，我睡了才只有二十分钟……”

“要知道这样子把人催醒是不可以的！这是犯罪，这是谋杀！”

“药剂师先生，要是我付您钱呢？”

“我不会这样去做的！”

“要是我付您一大笔钱呢？”

“那样的话，我就没话说啦！”

我付给药剂师一大笔钱（这是些梦钞票，对我不值几个钱的），让他给我配了一大瓶特效催醒药水。

“谢谢，药剂师先生。您保证这个催醒药效能极好么？”

“服了它。”他对我说，“你的小朋友就像十二部动画片一样生龙活虎！”

我跟他道别，离开那里，去寻找皮里皮皮。

“啊，你在这里！”他对着我喊叫。“我说了五十声佐特，我说了一百声克劳特和二百声弗吕特，你要是还不来……”

“别提了。”我说，“我明白。现在你坐下，我把故事继续往下讲。”

我们在人行道边沿上坐下。皮里皮皮对我说：“那么，那个女巫接着做了些什么？”

“她喝下第一勺糖浆，又喝第二勺；那比第一勺还要美味，主要是甜了许多……喔，你不愿意尝一尝吗？”

“不，谢谢！你又要让我睡过去了！”

“嗯，”我说，“你想想，我们大家都已经入睡，我怎么可能弄得你睡着呢？

“这倒也是，”皮里皮皮说，“但是，这次，这真的是故事的一部分啦？”

“当然啰！那么打开啦！”

我给他喝了第二种糖浆。即刻扑通一声，我的少年朋友昏倒在地上。他醒来后就蒸发不见了。

“好哇，我终于清静了！”我舒了口气说。

这时候，我换换脑筋，梦见了女孩子。

有个小黄发，
名叫贝里皮佩特。
有个小红发，
名叫贝里皮皮纳。
有个小棕发，
名叫萨贝里波贝特……

我要付钱请她们吃蛋糕，这时从上空伸过来一只手，开始拽动我的外套，有一个声音响亮地说：“说啊？喝了第二勺后怎么样？”

我发现自己又在床上。我的少年朋友皮里皮皮穿了睡衣站在地毯上。

催醒药水把他催醒了，可是他又起床来催着我醒来。

这次我生气了。我叫喊、怒骂、威胁、闹到最后我的少年朋友皮里皮皮对我说："既然这样，那就找鬼去吧！"

"首先，不应该说：'找鬼去吧！'"

"该怎么说？"

"该说：'去见鬼吧'，'去理发店吧'，'去咖啡馆吧'……"

"那好，去见鬼吧，待在那里得了！"皮里皮皮对我说。

他又回去躺在了床上。

去见鬼……这确是个好主意！我想，到了那里，我的少年朋友就不会再来烦我了！于是我就见鬼去了。

这是一家很大很大的旅馆，
占了整幢大楼。

一个穿绿制服的绿小鬼给我开了门，跟我说："您来这里有何贵干？"

"鬼先生，住宿。"

"那去三号窗口。"

"谢谢！"

"不客气！"

窗口前排了长队。我不得不等上一两个小时。最后我来到了一个穿蓝制服的蓝鬼面前，他眼睛也不

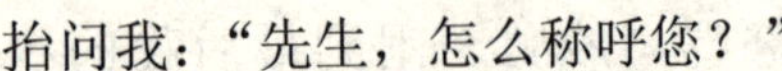

抬问我："先生，怎么称呼您？"

"鬼先生，用我的名字称呼我！"

"您贪吃吗？"

"有时候。"

"您偶尔小气吧？"

"这个，您知道，钱赚得不多……"

"请简单回答是或不是。"

"那样的话，鬼先生，我不小气……"

"这对您没什么好。您嫉妒吗？"

"嗯，您知道……"

"是还是不是，别啰嗦！"

"那样的话，不。"

"没什么好。懒惰吗？"

"有那么一点儿……"

"这样就好了。爱发脾气吗？"

"脾气上来时……"

"经常这样吗？"

"次数不少。"

"好哇！傲慢吗？"

"啊！是的！"

"好极了！好色吗？"

"好色？这是什么意思？"

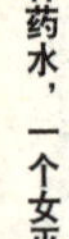

“您以后就会知道的……您好色还是不好色？”

“这要我怎么知道？”

“那么，就算是的。这里是您的票子，拿着。千万不能遗失。您的位子是 W13-792 号锅炉，4 号舱位……啊！我差点忘了，您的死期是哪天？”

“我的死期？”

“是的！您什么时候死的？今天？还是前天？还是十天前？”

“但是我一点没有死啊！”

“怎么？”

那个魔鬼嘣地跳了起来，俯身在他的办公桌上，把我从上看到下。

“还真是这样呢？您不是死人，您有影子！既然没有死，蠢货，到这里来干什么的？”

我结结巴巴说不出话时，他把我的票子撕了。然后他示意两个穿红色制服的大红鬼把我推到门口。

“这是我的错，我请求原谅，”那个绿色小鬼对我说，“我应该注意到您有影子，不该给您引路。但是您又为什么要上这里来呢？”

这时我把一切告诉了他，我的少年朋友皮里皮皮，不论我醒着，我睡着，他也睡着时，就是日夜都跟着我……

“您是要跟我说，”小鬼对我说，“您的少年朋友叫人受不了！”

“啊，您把这句话说了出来！”

“我也有意要为他做些事情……这是我的好朋友，圣德尼郊区路女巫的地址。说到女巫的故事，她可以说上整整几个月，这是她的职业。此外，她还喜欢孩子，她是那么爱他们，一旦抓住，就再也不还给他们的父母了，直到他们长大成人！把皮里皮皮送到她那里去，她会如获至宝，而他也会喜出望外！”

我就照他跟我说的话做了。我把皮里皮皮送到圣德尼郊区路的大女巫那里，整整十年我不再有他的一点消息。

后来有一天，我在报上读到那个大女巫的死讯。当天晚上，有一位青年来敲我的门。

“请问是皮埃尔先生吗？”

“是我，我的朋友，您又是谁呢？”

“我是皮里皮皮啊！”

“是你！你长得那么高啦！”

“我是向你道谢来的。”

“谢什么？”

“把我送到了圣德尼郊区路那里！”

“你回来有多久了？”

“我才刚到！”

“是你杀了女巫吧？”

“是我。为了逼她闭嘴。”

“那是怎么一回事？”

“她对我说啊说的……”

“说故事？”

“真没法相信！”

“好听吗？”

“好听极了！”

“喔！那就说个让我听听！”

然而我的朋友，这时候对我恶意一笑：“我不能够，我牙痛！”

“你这样说是拖延时间吧！”

“完全正确！”

“那么说吧，请啦！”

“我不能够。我腿肚子痛！”

“你这么说是为了图太平！”

“是的，不错。”

“说吧，说吧，我求求你啦！”

“我不能够，我肚脐痛！”

他这话说了后就走了。

不说就不说吧，我觉得他不懂事。我给他做了那么多事！

他开了一家商店，
就在药房隔壁。
店名叫“女巫的故事”，
门口整天有人排队，
谁进门来，都请坐下，
然后给他们讲一则故事。
他只有对我不声不响，
借口说胳膊痛得慌。

雅诺与女妖

（俄罗斯童话）

离这里很远很远的地方，在一片深海的岸边，有一个老渔夫带着他的老婆子和小男孩，生活在一个小屋子里。

他年纪很大，弯腰曲背，疲劳不堪，但是幸运的是他有一艘神奇的船。这艘船不需要帆也不需要桨！只要他一登上甲板，高声喊，“小船，开吧！”

小船就会驶往大海。到了那里，老渔夫打鱼，爱打多少有多少……当他要回去时，只要对着船说：“小船，回去啦！”

小船不用操纵就驶回海滩。

但是到了某一天，更可以说是某个坏日子，老渔夫病倒了。

父亲一生病，这就是说不能去捕鱼，也就没有鱼，没有钱，家里没有生计，不多久就会没有东西吃。他，还有他的老婆，忧愁苦恼。这时小雅诺听到父母的私语，走到他们的床前：“你们同意了吧，今天我去捕鱼！”

“但是乖孩子，你还太小！”

“一点不小啦，我十二岁了！让我一个人去试试吧！”

“你要试试那就去吧！但是要小心！”

“谢谢妈妈，谢谢爸爸，不会有事的，你们不用操心！”

于是我的雅诺带上绳子、鱼网、鱼饵和一切必需品去了。他像看到父亲做的那样跳上船，也像父亲那样高声喊：“小船，开吧！”

小船漂啊漂的，漂到大海上，雅诺开始捕鱼。

到了中午，他的母亲带了一只大篮子来到海边。

“雅诺！雅诺！午饭来了！”

雅诺认出她的声音，立刻叫：“小船，回去啦！”

小船很听话。雅诺把捕到的鱼给母亲，她把午饭递给他，他休息一下，吃起来，当他吃完，说：“小船，开吧！”

他又回过头去捕鱼。

那时在那个地方有一个凶恶的女妖，她住在邻近的森林里。她躲在一棵树后面，窥探窃听，把一切都看在眼里，明白是怎么一回事。

雅诺刚刚回过去捕鱼，老妈妈也到了家，女妖就自个儿站到了海滩上，用她的粗嗓子大喊：“雅诺！雅诺！你的点心来了！”

但是雅诺没有受骗上当。他只是唱：

小船，小船不要动，
这是女妖在闹腾！

“咦！”女妖很失望，心想：“他没有听见？”

她又用她的破锣嗓子喊得更响：“雅诺！雅诺！你的点心来了！”

然后她伸出耳朵，听到雅诺对着他的船在唱：

小船，小船不要动，
这是女妖在闹腾！

这次，女妖听明白了。她跑到村子里，找到那个铁匠铺：“给我打造一条像雅诺母亲一样细声细气的金嗓子吧！”

“做什么用呢？”铁匠问。

“这与你无关！给我打造一条细声细气的金嗓子！”

“我不想干，”铁匠说，“我肯定你不会安好心！”

但是女妖没有时间说明。“给我打造一条细声细气的金嗓子，不然我把你吃了！”

“喔！这个……”铁匠说。

他给她打造一条细声细气的金嗓子。女妖回到海滩上，开始喊：“雅诺，雅诺！你的点心来了！”

这次，因为她有了一条细声细气的金嗓子，雅诺受骗上当了。他立刻高声说：“小船，回去吧！”

他搁浅在沙滩上，又把不久前捕捉到的鱼都交给了女妖，但是女妖并不接过鱼，而是逮住雅诺的裤脚，把他塞进大口袋，扛了他走进森林最深处。

她走到自家门口，喊道：“女儿！女儿！”

女妖的女儿出来了。她比她的母亲年轻美貌，还更加奸刁，牙齿也长得更长更尖。

“妈妈，我在这里呢。您要什么？”

“我给你带来一个小雅诺。立刻把他放进炉子里，我还有几个地方要去……今天晚饭我们就吃他了。”

“好的，妈妈！”

女妖走开后，女儿把雅诺抱到面包炉前，这时候她对他说：“你躺在铲子上！”

雅诺躺倒在铲子上。女儿要把他往炉子里送，她推了又推，就是推不进去：因为雅诺左脚放在里面，右脚放在外面。

“你给我躺好了！”

“好的！”雅诺说。

他改正姿势，女儿推了又推……但是这次他右脚放在里面，左脚放在外面。

“你就不能躺得像个样子吗？”女儿大发脾气说。

“请你原谅。”雅诺说，“我这人有点儿笨……要是你给我做个榜样，我可能会明白过来……”

“这又有什么难的……看！就这个样！”

女儿为了给他做榜样，躺在铲子上，两脚合并，两条手臂紧贴身体……雅诺趁那时猛力一推，把她推到了炉底，迅速抽回铲子，关上炉门。这样做完，他不但不走，而是爬上一棵树，等待天黑。

夜色降临时，女妖回来了。她喊：“我的女儿！我的女儿！”

没有人回答。

“我的女儿！我的女儿！”

还是没有人回答。

“咦！”女妖想，“她走开啦？没得到我同意？这样的话，也就随她了！我把她的那份也吃了！”

她往炉子走去，看到她们的晚餐烤得恰到好处，于是往外拉，全部吃完，只留下几根骨头。之后站在门前心情舒畅，开始又是跳舞又是唱：“跳吧，跳吧！我把雅诺吃啦！”

但是雅诺从他的那棵树上，用同样的腔调应答：“跳吧，跳吧！你把自己的女儿吃啦！”

“嗯？什么？我听到什么啦？”

女妖伸出耳朵……再也没有声音。

“这大概是风声！”她想。

她又开始跳了起来。

“跳吧，跳吧！我把雅诺吃啦！”

“跳吧，跳吧！你把自己的女儿吃啦！”

“对不起？您说什么？”

女妖眼睛看，耳朵听，再也没有什么。空无一人。

“喔唷！”她喃喃说，“这下子怪了！”

她开始唱歌，但是这次不跳舞也不跳脚：“跳吧，跳吧！我把雅诺吃啦！”

她又伸出耳朵。

“跳吧，跳吧！你把自己的女儿吃啦！”

这时候，那个恶魔抬起头，看到雅诺坐在一根树枝上，向她做出嘲弄的手势。这下子，她明白了！

“啊！是你这个强盗！好吧，你等着吧！”

她开始啃树根。但是木头硬，非常硬！她把上面一排牙齿都折断了！她赶快跑到铁匠家：“给我装几颗铁牙！”

“我可不知道我该不该……”铁匠说。

“给我装几颗铁牙，不然我把你吃了！”

“这样的话……”铁匠说。

他给她装了几颗铁牙。女妖迅速回到那里，开始啃树根。但是树木硬，就是硬得啃不动……她把下面一排牙齿也都折断了！她又立即来到铁匠铺："给我装几颗铁牙！"

"我在想我是不是有权利……"

"给我装几颗铁牙，不然我把你吃了！"

"好吧，好吧……"铁匠说。

他还是给她装了几颗铁牙。她又回到那里，这次终于把树根啃断了。但是正当那棵树往下倒时，雅诺跳到邻近一棵树上。

"你等着吧，不会有你的好事，小浑蛋，"女妖叫道。

她啃起第二棵树。但是当树往下倒时，雅诺跳到第三棵树上。

"不着急，小鬼！"

她向第三棵树张开嘴。这时雅诺开始害怕了。其他的树都相隔较远，他跳不过去，若跌在地上，女妖会很快把他逮住，因为她跑得比他快很多！

雅诺抬头望着天。很巧，他看到一群雄雁飞过。他喊："雁！雁！把我带走吧！"

但是雄雁回答："我们带着你太重了！后面有雌雁过来，你问它们吧！"

几秒钟后，确实有一群雌雁飞过来。

"雌雁，雌雁！把我带走吧！"

"我们自己要带走的已经不少！后面有小雁过来，你问它们吧！”

几秒钟后，果然飞过来密密麻麻一大片小雁。

“小雁！把我带走吧！”

“但是我们都还小着呢！翅膀载着我们自个儿飞也勉强！”

“你们不把我带走，女妖会吃了我！”

这时候，小雁动了恻隐之心，降落下来把雅诺带走。真是千钧一发，因为树也在那个时刻倒下了……

第二天早晨，渔夫和妻子坐在桌子前。虽然老人病体已经痊愈，老妇也做好了烙饼，但这是一个凄凉的早晨！

“雅诺在哪里呢？”老人叹口气。

“我们再也见不着他了！”老妇说，“女妖把他吃了……不说了！把你的盘子给我吧！”

她开始分烙饼：“一块是你的，一块是我的，你再来一块……”

这时候有一个细微的声音从天花板那里响起：“嗨，那么我的呢？”

“你听见吗？”老人说。

“这是风声！”老妇说。

她又开始计数：“我一个，你一个，我一个……”

“嗨，那么我的呢？”

“这是雅诺的声音！”老人叫了起来。

“你胡思乱想！”老妇说，“我跟你说他被女妖吃了！”

她继续分她的饼："你一个，我一个，你一个……"

"嗨，那么我的呢？"

这次，一点也不用怀疑了！两位老人走出屋子，朝房顶上瞧，他们看到什么啦？他们看到雅诺，他们的儿子，那些小雁昨夜把他放在那里了！

这时候，他们找来了一把梯子，雅诺下来，三个人终于回进家门，一起吃起了烙饼。

打屁股铺子老板

你曾经看见过打屁股吗？我要说的是真正看见。不多，我可以肯定。有人打你屁股的时候，一般来说你要转过背去，既然你脑袋后面不长眼睛，你能够感觉，这是可以的，但是你不能够看见——这很可惜！

这很可惜，因为世上实在没有什么比打屁股更美妙，更优雅，更赏心悦目的事了。你想一想有一种鸟，或者更好是有一种大蝴蝶，它长的不是一对翅膀，而是两只手，两只肉嘟嘟又永远在挥动、在抖动和在掀动的手。凭这双手，慢慢悠悠，飞来飞去，寻找一只小屁股，放在上面敲一顿。

说起打屁股，也是五花八门，形形色色的什么都有。有热情的，友好的，温柔的，打上去就像抚摸，像清风吹过，叫人发笑。某些则是干脆的，生气的，愤怒的。此外还有重手重脚的，庄重严肃的，礼仪周到的和软弱无力的。还有恶意的，刺痛的，气势汹汹的，残酷的，开玩笑的，吵吵嚷嚷的，虚张声势的，拿腔拿调的，险恶的，复杂的，有气无力的，昏昏欲睡的，心不在焉的，专心一致的，吹毛求疵的，滑稽的，富有创意的，别出心裁的，咿咿呀呀的，眼泪汪汪的，唉声叹气的，虚情假意的，口吃的，结巴的，说教式的，颠三倒四的——总之，什么样的都有。

打屁股又是从哪里传来的呢？

啊哈！这可是个难题，学者在这方面意见并不一致。

有人说，最早记载于历史上的打屁股，其最初形态存在于尼罗河三角洲，有古埃及人把它们驯化，已经用作儿童教育工具。

又有人说，打屁股起源于底格里斯河与幼发拉底河交汇处的苏美尔，或者还有印度河沿岸。

还有人认为打屁股来自外星球，最初的样品是由火星或金星上的小绿人通过飞碟带来的。

还有这样的说法，有一种打屁股跟我们的稍有不同，但是可以识别出来，至今还处在野生状态，那是在亚马孙丛林里，离都都邦邦印第安人领地不远的地方。许多探险者去了那里，希望能够带回一个活的……竟然无一生还！其中十二三个人被人发现死在原始森林深处，俯伏地上，裤衩拉到膝盖，屁股通红……但是野生的打屁股则不见影踪。

至于家庭里的打屁股，那是平淡无奇的，我们大家都知道，它们是在特殊农场里用科学方法培育的。首先孵蛋出壳，喂养小雏，当小雏长大，能够张开双手起飞，快快活活煽在小屁股上时，就把它们装上卡车送到打屁股商人那里，以后由他们负责销售给你们的父母了。

其中一位商人住在一座小村子里。他开了一家极大的商

店，店里放满巨大的笼子，在这些笼子里根据品种分养着各类打屁股。我相信他什么品种都有，从闹着玩的轻打屁股，直至专门惩罚大蠢事的重打屁股。还有一只笼子不与其他的放在一起，里面关着一种非常罕见的样品，戴钉子手套的巨无霸打屁股，是这类鸟中最可怕的一种。

每天早晨，商人早早起床，盥洗，喝咖啡，然后他挨次走到各个笼子前，给他的打屁股换水（打屁股爱干净，要求新鲜的清水）。然后他给它们喂种子、车前草的穗，在笼格上放一小块墨鱼骨头，给它们磨牙齿。整个过程中他对它们说话，取悦它们，手指尖穿过栏杆抚摩它们的头顶，同时柔声柔气地跟它们说话："嗨，我的大美人，你们昨夜过得怎样？睡得好吗？我希望如此。但是，是的，你们饿了，我知道，你们也渴了，尤其，尤其，你们想有个小屁股！但是，别急，别急！我会给你们找来的！在本周结束以前，我答应你们每个都会有东西感到欢欣鼓舞！"

他说这话是为了取悦它们，然而事实并不美妙。在这个真正不可思议的地方，孩子几乎从来不做蠢事，父母也丝毫不想给他们惩罚，以至于打屁股留在商店里，无所事事，萎靡不振，脸色苍白，瘦了下来，心情非常忧郁。

这位正直的商人灰心丧气。

"怎么办呢？"他想。"这些孩子一直规规矩矩听话，这些父母一直心满意足，这是一场灾难！要是继续这样下去，我的这些可怜的打屁股都要死掉，我也就破产了！"

最后，他挖空心思，有了一个主意。

他开始走出店铺，先是星期三白天，后来又是星期六和星期日，这些日子孩子不用上学。当他看到这些小男孩或小女孩有父母陪伴时，他只是远远地向他们一笑，不跟他们说话。但是当他发现他们单独或者三三两两一起散步，或者他们自个儿一起玩耍，他就停下，跟他们搭讪，送他们糖果，引他们发笑，不停地说粗话——这些话，你们知道，就是一些不三不四的粗话！不堪入耳，我无论如何也不敢在这里重复的。

那些孩子从来没有听到过这样的话，把这些希奇古怪的词汇

学着好玩，还都记在了心里，一再争着说了又说……这对商人来说正中下怀。

“现在，”他想，“他们就要回家去了，在他们的父母面前重复说，他们的父母会生气，就会来我这里买上大量的打屁股，这样的话我就发财啦！”

他很会用心计，在另外一个地方这套伎俩或许有效，但是在这个实在不可思议的地方，这样做行不通。当然，这些小孩都回到家；当然，他们重复说着商人教给他们的那些粗话……什么什么，什么什么……总之，是我不愿意重复的那些话！但是他们的父母不但不生气，听了仅仅只是表示惊讶，然后问：“这些新词是谁教给你们的啊？”

“是打屁股铺子老板，”孩子回答说，他们不撒谎。

“咦！真是古里古怪！”父母说，“好吧，爱说就说吧……”

孩子们继续这样说，至少他们爱说多久就说多久。然后，一天又一天，不觉得那么好玩了，再过不久也就一点都不好玩了。因为这些粗话说到头来也是跟其他单词一样的，是由声音、元音、辅音、音节组成的，它们除了相沿成习的意义以外也无其他意义。

打屁股商人这条奸计没有成功，在他商店的笼子里，那些娇小的打屁股不断死亡。

他自己说上几句粗话出口气，又往外面去，跟孩子去说话，这次是用另外一种方法引诱他们。

“当你们想要某样东西时，”他问他们，“你们是怎么做的？”

“我们向爸爸妈妈要。”孩子们说。

“为什么向爸爸妈妈要呢？”

“他们会给我们啊！”

“这才叫做笨呢！”打屁股商人说，“你们难道不知道吗，至少一半时候你们的爸爸妈妈会说不，说你们太年轻了，或者说这对你们不好……换了我，我从来不向他们要，我要什么自己想办法！”

他说完这话就走开了。

“这有点道理，”小让—弗朗索瓦说，“我有一天要玩水，我爸爸妈妈就是不许。”

“我也是，”小克洛德－皮埃尔说，“那天我要玩火……”

“而我，”小弗朗索瓦－克洛德说，“我要玩电……”

“好吧，既然这样，”他们三人同时说，“从今天开始，我们要玩什么就玩什么，不用再问父母同意不同意了！”

他们就这样做了起来，其后果你们无疑可以猜中。第二天，让－弗朗索瓦的家淹了水，克洛德－皮埃尔的家着了火。至于小弗朗索瓦－克洛德，他把两根手指头插进电插座，感觉很不好受。

可是，即使如此，那几位父母也不生气。大出商人所料，他们没有跑到商店里去，给他们每人买上半打结实响亮的打屁股，而是给孩子关心，尽可能修复损坏的东西，只是问：“你们都怎么啦？”

“我们要玩，”孩子回答，有点难为情。

“下一次先要得到同意，”父母温和地说。“有什么危险可以跟你们说清楚。”

因而，这次还是没有给他们惩罚，可怜的打屁股灰溜溜待在笼子里，啄墨鱼骨。

“真是××××××××××××××！”商人这下子从他的词典中找到最粗鲁的词指天誓日，来发泄怒气。我又一次自叹词穷，写不出那些话来。

最后他还是有了个主意，大主意，这次是天才的主意。

他印了一大包广告招贴，拿了一桶浆糊和一支粗刷子，整夜贴个不停。

第二天，大家在大街小巷的墙上看到下面这张招贴：

举行盛大儿童联欢会

免费自助餐、酒吧、各种游戏、马戏团隆重演出！

节目单

知识型打屁股，唱歌、舞蹈、音乐打屁股，

丑角、杂技、算术打屁股，

手技、平衡术、空中杂技打屁股，

骑术、刀叉、剪子打屁股，

打屁股游行，打屁股叠罗汉，

打屁股空中飞行，

在大轴戏中结束

儿童免费进场，父母禁止入内

接下来的星期日下午，当地的小孩都到打屁股商店去了，这是不用说的了。说句公平话，必须承认他们也没有失望，那里有柠檬水，橘子水，黑茶藨子和石榴汁。有软蛋糕，硬糕饼，各种风味的糖果，各种颜色的口香糖；那里有棉花糖，荞麦饼，牛轧糖，华夫饼，炸薯条，烤栗子，白奶酪，黑橄榄，红萝卜，霉干酪，红气球，弹珠游戏机，滚球，九柱戏，三轮车，自行车，滑板……我都说不过来……

当孩子们喝过，吃过，玩过，商人领他们走进一幢大木屋，在一顶大帐篷下，在那里他向他们指出受过智慧训练的打屁股，它们都关在一只大笼子里，个个都有一门绝技。有会唱歌的，有会跳舞的，有会拉手风琴的，拉小提琴的，吹单簧管的。还有会讲笑话的，做心算的或预测未来的。还有骑在马上的，举重的，翻筋斗的，等等其他许多玩意儿。

最后将近六点半，商人宣布精彩的大轴戏开场。

“什么叫精彩的大轴戏？”孩子们异口同声问。

“你们马上就可以看到，”他说，“这是意外惊喜。当我离开后，你们数到十，然后你们在同一时间打开所有大笼子的门。那时候就会上演精彩的大轴戏！”

他说完这些话，就往外奔。

他一消失，那些孩子甚至还没数到三，就朝着笼子蜂拥而去，把门开得大大的。

这时候，这时候，这时候……

这时候，我亲爱的朋友，从所有大开的笼子门里，飞出黑压压一堆乌云，一团龙卷风，一阵暴风雨，这是一群打屁股，聚集高飞，雷轰电闪，像瀑布般地打在向它们撅起的小屁股上。劈里啪啦！啪啦劈里！这些充满朝气的打屁股好不快活！不妨想想，它们大多数多年来就是等待着这一天啊！

商人躲进了花园的一个角落里，停止脚步伸出耳朵。他清清楚楚听到打屁股劈劈啪啪，小女孩号啕大哭，小男孩尖声怪叫……这一切在他看来那么称心，那么有趣，那么好玩，他也按捺不住，滚倒在地上哈哈大笑。

但是这时候，但是这时候，但是这时候……

突然，霎时间，静默一片。在商人的哈哈大笑声中，打屁股都停下来不打了。有几只最好奇的，伸出头从木屋的入口处看出去，它们看到什么了呢？它们看到一个大胖子男人，有一只大屁股，倒伏在草地上，一边用拳头拍青草地，一边笑得气都喘不过来。

这时候，这时候，这时候……

这时候，所有打屁股飞出木屋，声音如同霹雳。它们一起扑到商人身上，把他摁住不动，拉他的裤子，扒他的内裤，嘭嘭嚓嚓，嚓嚓嘭嘭，在他身上跳起了最美妙的舞蹈！

他徒然大喊大叫："怎么，你们连我也不认得了吗？我是你们的销售商，你们的朋友，你们的父亲！看看这只手，至少还认得出是它喂你们的吧！"

说到手，打屁股看到的则是另一样东西，一个属于人的大屁股，滚圆的一团肉，它们可以同时在上面站上十个到十五个，还一点不挤！

它们都来站了一会，从笑盈盈的小打屁股到悲戚戚的大打屁股，这中间还穿插各种各样打屁股，淘气的，记仇的，心急的，草率的，功能良好的，巴洛克的，洛可可的，冒火光的，粗糙的，橡胶式的，擦出伤痕的，刮去皮肉的，我说也说不完！

终于最后一个打屁股，在一片静默中威风凛凛地出场了。这是年纪最老、身材最高、力量最强，这是——你们无疑已经猜到了——巨无霸打屁股戴了钉子手套，可以打得人痛不欲生……其他打屁股看到它都毕恭毕敬让路……它在傍晚的红光照耀下，慢慢升起，在猎获物的上空，仿佛停滞了几秒钟，然后像块石头似的向下砸。

对此我不多说了，因为这个故事已经够悲惨的了。只须知道打屁股商人在医院里住了好几个星期，六个月以后才能仰卧床上，一年以后他能够坐，两年后——一天也不少——他能够撑根拐杖走路。

到了今天，他是完全康复了，但是在余留的日子里对打屁股深恶痛绝，他不愿意再做这个买卖，不愿意再看到，甚至不愿意再听人说起。他把自己店铺里的架子、油漆、装潢等等一切重新装修一新，他现在出售无花果干、阿让李子干、科林思葡萄、杏子、扁桃、榛子和花生。

有时候（那是很少很少几次），还会过来个气呼呼的妈妈或者大动肝火的父亲，一边走进他的店铺一边说："我要一只打屁股！一只厉害的打屁股！这是给我的小埃米尔（或者我的小埃尔内斯丁）！"

然而这时候商人回答他们说："您错了，夫人！您错了，先生！要是您的小男孩或小女孩做了一件错事，给几颗葡萄干！

要教育孩子这是再有效不过了！”

令人惊讶的是他说得真对！在这个地方，当一个孩子做了一件错事，给几颗葡萄干，立刻就会变乖、勤劳、听话、温和。

但是，就像我对你们说过，这是个不可思议的地方。

红鼻子冰人

（俄罗斯童话）

从前，在俄罗斯大森林里，住着一个富裕的农民。这个农民在第一次婚姻中有了一个美丽的女儿，善良，文雅，细心，勤快，始终高高兴兴。农民第二次结婚，他的第二个妻子已有个小女儿，但是刁滑，粗俗，肮脏，懒惰，任性。

不用说，第二个妻子只爱她自己的女儿，她开始讨厌丈夫的女儿。每天，她想方设法弄得她掉眼泪。不论她在不在跟前，不论她说什么，做什么，反正怎么也不讨好。家里的重活都派给她做，而她自己的女儿从早到晚躺在床上。白天过完，等老农从田间回来后，她对他说："你的那个女儿，你还不知道她做了什么吧？"

于是把自己想到的一切坏事都告诉他。

农夫自然猜疑到他这个女儿不会那么坏，但是他不敢过于保护她，因为他怕老婆。

有一天，老婆对他说：“把你的脏丫头带走，让她迷失在森林里。我不要再看见她在这里！”

喔，这是冬天啊，冰结得很厚很厚，满地都是雪。

农夫有气无力推却不干，甚至还落了几滴眼泪，但是最后还是屈服了。他推出他的雪橇，套上马，把女儿带往很远很远的森林深处，即使樵夫也不去的地方。到了那里，他把她安置在一棵树下，尽量把她裹好，向她道别，然后急忙回转身，为了不致看到她死去。

这个善良的小女孩就这样迷失在大森林里，坐在雪地上，没有足够的衣服与鞋子御寒。全身发抖，呜呜大哭……

但是这个时候，她突然听到声响。她抬起眼睛，她看到了什么呢？一个样子怪异的人站在她面前，全身是白的，像个雪人，腋下挟一把旧扫帚，头上一顶旧帽子，面孔中央插着一根胡萝卜，作为鼻子。这个人声音粗哑，对她说：“小女孩，小女孩，我是红鼻子冰人！”

小女孩轻声对他说：“欢迎你，红鼻子冰人！你是上帝派来惩罚我的吗？”

冰人听了没懂。这是什么意思？他不习惯这样的谈话……脸上很不高兴：“啊！这算什么话！”他说，“好吧，接着！”

他给了小女孩一件漂亮的红袍子，上面绣了金线，还有一双厚毛皮靴。

小女孩向他道谢，穿上袍子，套上靴子，冰人消失后，她在她的那棵树下过夜，一双脚是暖洋洋的。

第二天，她又发现自己是孤零零一个人，看来要在这里呆到饿死，或者等着让狼来吃掉。她正要哭出来时，有东西在移动。她抬起眼睛，看到什么了呢？一个样子怪异的人，全身是白的，像一个雪人，腋下挟一把旧扫帚，头上一顶旧帽子，一根胡萝卜鼻子，对她说：“小女孩，小女孩，我是红鼻子冰人。”

“欢迎你，红鼻子冰人！你是上帝派来惩罚我的吗？”

还是这句话！冰人一点没懂。这话使他生气，使他激动。“啊！这算什么话！”他说，“好吧……接着！”

他给了小女孩一件漂亮的裘皮大衣。小女孩向他道谢，裹在身上睡着了。冰人消失了。

但是到了第三天，她醒来时看到雪还在下个不停，她依然是孤零零一个人。没有人经过那里，没有人能够收留她，让她在屋子里住下，给她一碗热气腾腾的好汤……她又开始皱眉头，抽鼻子，眼泪汪汪，这时候突然又响起同样的声响。她又一次抬起眼睛，看到什么了呢？这次你们会不相信我的话了……

她看到同样一个全身通白的人，像一个雪人，腋下挟一把旧扫帚，头上一顶旧帽子，一根胡萝卜鼻子：“小女孩，小女孩，我是红鼻子冰人！”

“欢迎你，红鼻子冰人！你是上帝派来惩罚我的吗？”

这次，冰人冒火了。他勃然大怒：“啊！这算什么话！”他高声喊叫。“好吧，接着！”

他给了小女孩满满一箱子珍珠宝贝。

可是在家里，后母感到无聊了。她身边没有人可以让她当出气筒。当她对着老人叫喊，老人不理她。当她对着女儿叫喊，女儿说得她哑口无言……这个老太婆不知道说什么好，也不再知道跟谁去说话。口齿也就不伶俐了。

有一天早晨，为了结束这个局面，她派她的男人到林子里去：“把你的女儿……或者她的尸体给我找来！”

农夫听了正中下怀。他搬来雪橇，套上马，飞奔而去……他到了树下张望，他看到什么啦？他的女儿生气勃勃，身穿一件绣金红袍子和一件裘皮大衣，脚上是漂亮暖和的靴子，坐在一只装满珠宝的箱子上。

这时候，老婆子在家里做烙饼。但是在桌子底下那条狗居然

开始说话了：“恰夫！恰夫！”

必须知道俄罗斯狗不会像我们的狗那样“汪汪叫”，经常是“拉依！拉依！”叫，有时候是“恰夫！恰夫！”叫。反正桌子下的那条狗开始说话了：“恰夫！恰夫！老头子的女儿穿绣金袍子！老婆子的女儿连老公也找不到！”

“你瞎说，肮脏的狗！”老婆子大叫，“嘿！给你个烙饼，但是你要反过来说！”

狗吃下了烙饼，舔舔嘴唇，然后又说：“恰夫！恰夫！老头子的女儿穿绣金袍，老婆子的女儿连老公也找不到！”

老婆子听了怎么会高兴呢！她走去找根棍子要教训那条狗，但是正在这个时候，雪橇滑进了院子，里面是老头、穿绣金袍子的女儿和珠宝箱子。

那个女人不胜惊讶。两眼闪射嫉妒的光芒。她对老公喊叫：“马套不用卸啦！立刻把我的女儿送到森林里去，让她留在原地！”

然后她去找自己的女儿，但是女儿还在床上，还说要躺着不起来！她毫不愿意一个人三寒天在森林里呆上三天！那个妈妈却固执己见，用棍子打得女儿起床，给她穿得暖暖的，放进雪橇里坐定……

“上路吧！”

农夫带了他的继女又出发了。他带了她走得很远很远，进了森林的最深处，把她抛在树下，返身回家去。

孩子埋怨，叹息，呜呜叫……她怀念她温暖的床，妈妈给她做的好吃东西。她觉得这很冤，她没有向谁要求过什么……

突然，她听到声响。她抬起眼睛，看到了什么呢？你们永远猜不出来，我可以肯定！

她看到一个怪异的人，全身是白的，像个雪人，腋下挟一把旧扫帚，头上一顶旧帽子，面孔中央插着一根胡萝卜，作为鼻子。这个人对她说……他对她说什么来着？啊！还是这句话！

“小女孩，小女孩，我是红鼻子冰人！”

但是她听到这话，开始大叫大嚷：“呜！我不要啊！讨厌！坏蛋！我恨你！我怕你！滚吧！”

这次，冰人十分满意：他就是爱听这种话，也只有这个样他

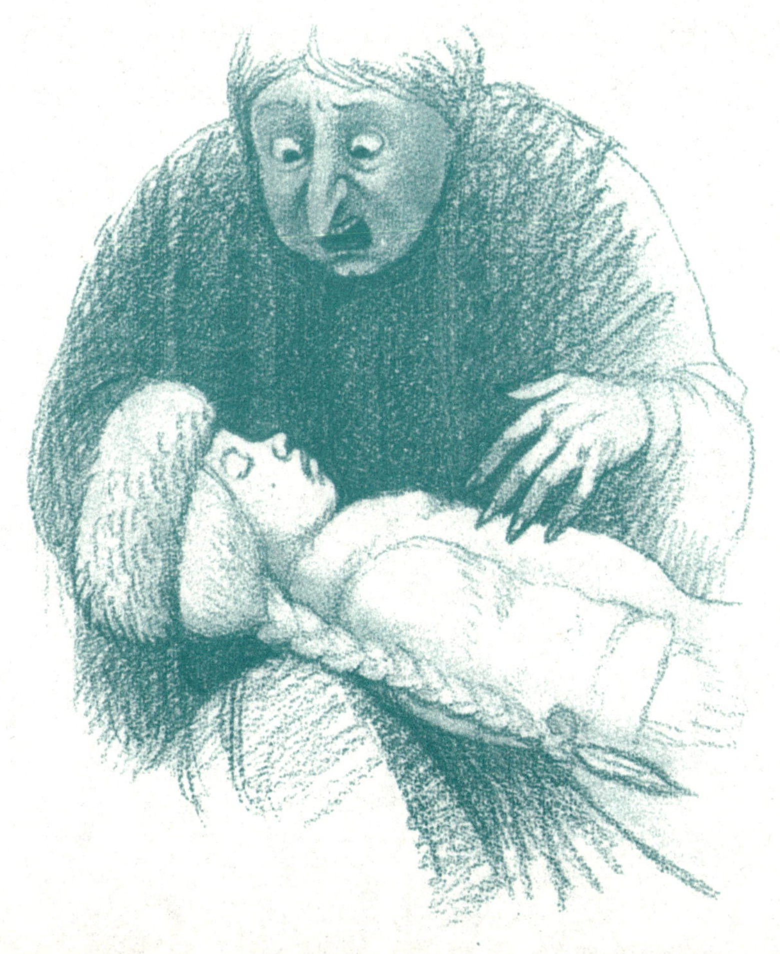

才明白人家是在跟他说话！他开心微笑，轻声轻气回答："是啊，我的美少女，是的，我就会走开的……但是在走开以前……"

他没有把话说完。他一摇一摆走近小女孩，然后朝着她的身子吹口气，只是一口气，她就立即冻住了。

三天后，老婆子对她的丈夫说："去把我的女儿，连同冰人的全部礼物给我找回来，我在家里做烙饼！"

农夫套好马出发，老婆子做烙饼……但是这时那条狗在桌子底下又开始说话："恰夫！恰夫！"（当然喽，还是用俄语说的。）

"恰夫！恰夫！老汉的女儿不久要嫁人！老妇的女儿冻得像块冰！"

这次，老妇身子打了个寒颤。她要去找根棍子，逼狗照自己的话说，但是恰在这个时候，雪橇驶进了院子。她跑到那里去看，她看到了什么呢？

她看到亲生女儿在丈夫旁边，全身白的，硬得像块冰。

美中美

（希腊童话）

我肯定你们大家都知道白雪公主和七个矮人的故事。这个故事还有许多其他故事，是一百多年前，由两位德国先生从德国传到我们这里的。这两人非常博学，非常斯文，叫格林兄弟。

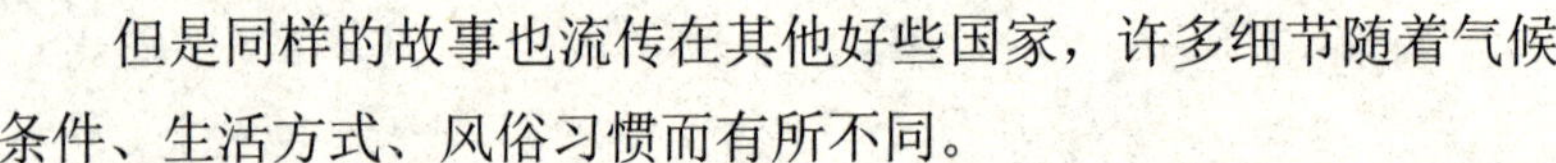

但是同样的故事也流传在其他好些国家，许多细节随着气候条件、生活方式、风俗习惯而有所不同。

我要给你们说的这则故事，在希腊是这么说的。你们把希腊故事与德国故事两相比较，指出其中的相同与不同，可能也是很有趣的……

接着就是《美中美》的故事：

从前，在一座山村里住着三个姐妹，她们没有父母，生活在一起。大姐姐美丽，二姐姐美丽，然而第三个小妹妹，比她们更加美丽。这就是为什么这个地方的人，称她是“美中美”。

有一天，美中美在给两个姐姐做饭时，听到她们争吵：“我最漂亮！”一个说。“不！是我！”另一个说。“不要争吵了，”小妹妹说：“问问太阳它是怎么想的……”“好主意！”

三姐妹走出屋子，到了村子广场中央一个没有阴影的地方站定，开始一齐高唱：

太阳，太阳，什么都看见，
我们中间谁美丽？

太阳从高处看到她们，听到她们，立即回答：“大姐美，二姐美，但是最小的三妹最最美！”

“它说什么？”大姐问。

“一些蠢话！”二姐回答。“而且它看不清楚，今天早晨有雾……我们明天再来！”

三姐妹回到家里。第二天，她们出门时，没有雾。她们快快来到广场。

太阳，太阳，什么都看见，
我们中间谁美丽？

“大姐美，二姐美，但是最小的三妹最最美！”

“这个太阳完全是个疯子！”大姐说。

“它没有好好看，”二姐说。“它眼睛上有块乌云你看见没有？”她们就回家了。

最后第三天，她们又到了广场上，天空晴朗，没有一片云。

太阳，太阳，什么都看见，
我们中间谁美丽？

但是太阳还是用这句话回答：“大姐美，二姐美，但是最小的三妹最最美！”

这次再也不用怀疑了吧！两个姐姐怒不可遏，她们对妹妹说：“你爱去哪儿去哪儿吧。你脏，你丑，你讨厌卑鄙，我们这里再也不要你了！”

可怜的美中美走了。她离开村子，进了山里，整天往前走……她渴，她饿，她累得厉害！稍后黑夜降临，她冷，她孤独，她害怕……最后走了很久看到一间小屋子。她敲门，没有人回答。她推开门，没有看见人，她走了进去，还是没有人。她高声喊：“喂！有人吗？”没有回答。她推开第二扇门，走入一间餐厅，有一张放好餐具的桌子和十二把椅子。但是有一把椅子比其他椅子要小。每把椅子前有一副餐具，一只盛了菜的盆子和一杯清水。但是在那把小椅子前有一只小盆子，玻璃杯也更小。

美中美一天来没有喝过什么，也没有吃过什么……但是她是有教养的，不能无人邀请下就擅自吃桌上的东西……她又喊叫了一次，两次……最后她坐上那把小椅子，把小盆子里的东西都吃了，把小杯子里的水也都喝了。之后，她站起身，走上楼梯。

到了楼上，她看到一间很大很大的卧室，有十二张一模一样的床，除了最后第二张床，明显小于其他几张。由于她自己身子也不大，她就躺在那张小床上，睡着了。

她刚入睡，有十二个人走进了屋子。他们是一年中的十二个月。其中三个欢欢喜喜，都穿绿衣服，头戴花冠。有三个衣衫单薄，轻飘飘的。接着三个较为忧郁，他们穿黄色、红褐色和栗色衣服，外罩防雨大衣，最后三个都全身裹得暖暖的，沉默不言、愁眉苦脸。这三人中有一个比其他人都小，走路跛着一条腿。他是二月，希腊人也称为瘸子二月。他只有二十八天，每四年一次二十九天，他脾气一直不好。

他一进入屋子就叫了起来："谁动了我的椅子？"接着又叫："谁吃了我的一份餐？"接着："谁喝过我的杯子？"

他的哥哥们还是坐到桌子前，吃了个饱，喝光杯子里的水，对他不理不睬。饭后这十二个月去睡觉。但是刚刚走进他们的

房间，又听到瘸子二月说："谁躺在了我的床上？"

这时候美中美醒来了。她看到十二个月围在身边非常惊慌……可是，她不胆怯，向他们彬彬有礼问个好，表示歉意，说明原因，谈到自己的经历。十二个月听完她的叙述，然后躲到一边彼此商量，十一个哥哥一齐说："我们兄弟一直自个儿生活，不需要来个女孩！把她赶走吧！

但是二月还什么都没说，这时候要求发言："我亲爱的兄弟，"他对他们尖声说，"我知道我人最小，走路瘸，脾气不好。但是这间屋子是我们大家的，我应该也有权利说句话，不是吗？"

"那当然！"其他人说，"你跟我们一样有权利说话！说吧！"

"是这样，"二月说，"我要跟你们说的只是这个女孩是我的妹妹，不管你们高兴还是不高兴！她坐过我的椅子，她吃了我的那份饭菜，喝了我杯子里的水，躺过我的那张床。要是有人认为这件事不好，我觉得首先应该是我，不是吗？然而，我不但不认为这件事不好，而且还主张她继续一年到头这样做，继续不断这样做！谁第一个对她说句难听的话，那是在跟我过不去！"

听到这个话，十一个月都哈哈大笑。

"好吧，瘸子二月，就这样说定了！跟她像兄弟姐妹那样过！她打扫房间，做菜烧饭，口渴了就喝水，也跟我们同桌吃饭，共同住在一个屋檐下！"

事情就这样安排妥了。十二个月打了一张小床，一把小椅子，他们在城里买了一只小玻璃杯和一只小盆子，美中美跟他们一起生活，做家务，烧饭，当他们回家时迎接他们，变成了他们大家的小妹妹……但是与她最投缘的还是瘸子二月，尽管他愁眉苦脸，脾气不好。

这时，在村子里的两姐妹可高兴啦，妹妹不再与她们一起，她们自以为是当地的头号大美人！

“说起来，”大姐叫了起来，“咱俩一直还不知道谁更漂亮呢！”

“这倒是的！”二姐说。

“那么明天早晨，我们去问太阳！”

第二天，又一次，她们站到了村子的广场上，开始唱：

太阳，太阳，什么都看见，
我们两人谁美丽？

但是这次太阳回答说：

过了草地，
过了树林，
在十二月的家里，
住着你们最美的三妹！

“这是什么意思？”大姐问。

“这是说，”二姐说，“我们的妹妹美中美，这个丑八怪，这个烂果子，这个小妖精，被十二月收留了，跟他们一起生活，她永远比我们更美，至少这个笨太阳是这样说的！”

“那样的话，应该做些什么？”

"嘿，应该把她杀了！"

"把她杀了，怎么杀？"

"跟我来，我有个主意！"

她们两人回到自己的小屋子，关在厨房里，做了一块美丽的毒蛋糕。

"现在，"二姐说，"你立刻给我们的妹妹送去。首先要小心！路上不能吃！"

大姐拿了蛋糕，出了门，走啊走，终于走到了十二月的家门口。当她走近时，看到一个穿灰衣服的人，外罩一件裘皮大衣，走路有点跛，行动好像不太方便。他问她："有什么事吗？"

她立刻回答："我是美中美的大姐，我给她送来这块美丽的毒蛋糕。"

"这样的话，"这时二月说，"这样的话，你自己吃下去噎死吧！"

"怎么说？"当大姐回到家里，二姐问。

"说实在的，我也不明白！我没有能够看见我们的妹妹！一个讨厌的瘸子把我赶了回来。"

"你跟他怎么说的？"

"我很有礼貌地跟他说，我是美中美的大姐，我给她送来这块美丽的毒蛋糕！"

"笨蛋！笨蛋！白痴！哪有这样说话的啊！"

"那应该怎么说？"

"应该这样说：我的二妹和我很后悔把美中美赶了出去，为了请求她原谅我们，我们给她送来这块美丽的蛋糕，还是我们亲手做的！”

“那么一切重新来过？”

“是的，一切重新来过！”

两姐妹回到厨房。这次，她们拿了一只美丽的红苹果，在毒汁里浸了很久，很久，很久……

“现在，”二姐说，“你拿了这只苹果，再到十二月的家去。首先，不要想到去咬上一口，它是放了毒的！记得不要再说蠢话！”

大姐又出门，她走啊走，但是刚刚走到小屋门前，劈脸遇见瘸子二月，“又是你！你要什么？”

大姐回答：“我来看美中美。我的二妹和我很后悔把她赶了出去，为了请求她原谅我们，我们给她送来这只美丽的毒苹果，还是我们亲手做的！”

“你们两人吃了去死吧！”二月愤怒地说。

“怎么样？”大姐回来，二姐问她。

“我愈来愈不明白！瘸子又把我赶了回来！”

“你对他说了什么？”

“我照你给我说的话对他说了：我们很后悔把美中美赶了出去，我们给她送来这只美丽的毒苹果……”

二姐听到这话，双手捧头：“不，你真是实在太笨了！下次由我自己去吧。”

但是，为了提防瘸子二月，她精心策划了一下。她涂黑面孔，化了妆，变得又老又丑。然后，她装了一大箱子毒指环、毒项链、毒梳子、毒头巾、毒手帕、毒手镯、毒耳环……简直可以把当地的女人全都毒死！箱子一装满，细心关上，挟在手臂下，轮到她前往一年十二月的家去。

“你是谁？你要什么？”瘸子二月问。

二姐虚情假意地回答：“我是一个可怜的女商贩。我的箱子里有手帕、头巾、手镯、珠宝……好心的先生，买些去送给你的好朋友吧！”

这次，二月没有一点怀疑。他心里说：“是啊！这主意不错！我买个礼物送给我的小妹妹呢？”

他买了一条美丽的毒头巾，四周缀有小金片，那些小金片也是有毒的。

第二天早晨，这对阴险的两姐妹又来到村庄广场上站好：

太阳，太阳，什么都看见，
我们两人谁美丽？

这次，太阳这样回答她们：

美中美
还是最美，
要是她还活在人间，
……可惜，她已去世！
十二月今夜扛着她，
给她下葬！

“好啊！”两姐妹大叫。

她们回去吃中饭，心满意足。

这个地方的国王有一个年轻的儿子，美得像太阳的王子，两只眼睛像黑夜一样黑，两条眉毛像乌鸦羽毛。这位王子有一个夜里做了一个梦。一位老仙女出现在他的睡梦中，对他说：“任何女人，不论多么讨你喜欢，在你没有看到美中美的坟墓以前，不要娶她。你若在看见它以前结了婚，你将会后悔莫及！”

第二天早晨，这个青年去见父王：“爸爸，美中美的坟墓在哪里，你告诉我吧。”

“我可是从来没有听说过！”国王回答。

他去找母亲。“妈妈，美中美的坟墓在哪里，你告诉我吧！”

“孩子，你在说什么，我根本不明白，”王后回答。

于是这位青年王子轮着问了宫廷法师、宫廷御医、首相，然后是侍从长、狩猎大臣、御膳总管、仆人；然后是马童、纺纱女、洗衣妇、送奶人……最后是一个牧鹅女子给他提了一个好建议：“你去问

问太阳，它什么都看见。”

“这是个好主意！”王子说。

他独自走进了森林，找到一块照着阳光的空地，站到中央，用足力气高喊：“太阳，太阳，你什么都看见，能不能告诉我美中美的坟墓在哪里？”

“可惜我说不出来，”太阳回答。“我只看见白天发生的事情，十二月是在夜里把她埋葬的……但是你不妨去问一声我的月亮妹妹？”

“太阳，谢谢你的好建议！”

接着的那个夜晚，青年王子回到那块空地上，他高喊：“月亮，你看得见黑夜，能不能告诉我美中美的坟墓在哪里？”

“可惜我说不出来！我只是看见十二月扛着玻璃棺材把她带走了。他们走得很远，深入大山，钻进一座浓密的森林……他们把她葬在哪里了，我没法对你说，因为我看不见树底下的东西。但是你不妨去问一声我的风兄弟？”

“看得见黑夜的月亮，谢谢你的意见！”王子说。

现在他等待风吹起来。

几天过去了，几周过去了，然后又是几个月……没有一丝风！这期间，有许多公主向他提亲，个个年轻貌美，大多数又富又贵，跟他很般配……但是他不为所动，把她们一个个拒之门外。他不愿意没有见到美中美的坟墓以前就定亲。

终于，有一天，有风刮了起来。王子赶紧穿好衣服，立即奔入花园，直至刮得最猛烈的地方。他双手摁住要飞起来的披风，高声喊叫：“风！你到处都去，能不能告诉我美中美的坟墓在哪里？”

“我能啊！”风回答。

“那么快快告诉我吧！我要去那里！”

“上马吧，我来推着你去！”

王子找了一匹马，搭上鞍子，牵到院子里。他刚刚跨上马背，马在风力推动下，疾步如飞跑了好几个小时。他穿越城市，然后田野，然后平原、高山，最后钻进一座浓密的森林。进了里面还是要驰骋好久好久，直到一个洞穴口……只是那时候风才停歇，马止步不前，喘起大气，周围一片寂静。

王子下了马，往洞窟里走。里面黑，很黑。几秒钟后，他还是看到了一团光，有一阵小风把他往这边推……他顺着风往前走，最后到了一座大厅。大厅内有四支火把发出微光，中央放着一口没有盖子的玻璃棺材。棺材里躺着一个少女，天姿国色。青年王子从未见过这样的丽人……有一个小矮人坐在棺材旁边哭泣，他裹在一件裘皮大衣里，全身是灰的，神情凄楚。当他听到王子的声音，抬起头：“你是谁？你要什么？”

“原谅我，”王子说。“我在寻找美中美的坟墓。是在这里吗？”

“你寻找它干吗？”小矮人没有好声气地问。接着不声不响一会儿后，他又开始哭泣：“是的，是这里。你看到的是她，我亲爱的小妹妹。她即使死后依然美若天仙，哥哥们和我实在没有勇气把她真的埋在地下，即使盖子也不愿盖上。我每天到这里来，在她的身边哭泣。”

王子悄悄走近死去的少女。她依然艳丽动人，可以说她仅是熟睡而已。她的头发束在一条美丽的镶嵌金片子的头巾里。青年为了看清楚，掀起那块布……

“嗨！你在做什么？”二月发怒说。

但是，他话声刚落，风又刮了起来，一股强烈的气流把头巾吹得远远的……这时候，美中美不受毒药的笼罩，醒了过来。首先是她的眼睛张了开来，向王子一笑，抬起头，向他伸出手……

几星期以后，国王和王后喜气洋洋庆祝儿子与美中美的婚礼。十二月受邀参加婚宴，大家第一次看到二月脸上露出笑容。

从那时起，整个王国都处在二月的高度保护之下，即使在隆冬季节也没有人伤风感冒。

至于那两个姐姐，虽说年轻的新娘不愿意对她们进行报复，但也不至于傻得邀请她们……她只是做到把她们干脆忘记，让她们在自己的村子里终老一生。根据有些人的说法（但是我也没有去核实），她们好像纯然出于嫉妒，使用了盒子里的珠宝，让自己中毒身亡。她们只是些平庸的美人，也都像普通人一样，埋葬在地下。

布依克与雌乌鸫

在我的那条街上有一所学校。这所学校里有好多个学生，其中一个学生是我的朋友布依克，他刚满十岁。还有一位女教师，一位与众不同的女教师，因为她有点神……不过这个我不是马上知道的。

我的朋友布依克，我差不多天天看到他挟了书本在人行道上经过。我们甚至养成了相互打个招呼聊上几句的习惯……这还不是什么深交，但是亲切！

后来突然我看不到他了。一天，两天，三天，整整一星期，也没有遇见布依克！

我相信他随班级去冰雪地带上课。或者去阳光地带上课，或者去雨水地带上课，或者去风暴地带上课，或者去海啸地带上课，火山喷发地带上课，地震地带上课……我等待着他回来。

然后下一个星期日，我坐在我的桌子前，前面是打开的窗户，正在用打字机打

一则魔鬼或是巫婆的故事，这时突然我的房间里飞进了一只美丽的乌鸫，说真的，乌黑油光，神气昂然，还有一只黄里透亮的鸟嘴。它停在我的一叠纸上，从旁边看着我，叫一声："忒！"

巴黎的鸟不怕人。但是我在自己的房间里看到还是第一次。我对它笑着说：

"嗨，你倒是不害怕啊！"

"忒！"它回答说。

"你要什么？"

"忒！"

"你可能饿了吧？"

"忒！"

"是还是不是？"

"忒！"

"好吧，咱们看吧！"

我撕下一小块面包，放在一张纸上，给它递了过去。它仅仅一分钟就把一切都啄了吃掉，之后它又一次说声"忒"，飞走了。

我期待着再看见它，但是它没有再现身。不过，接着的星期一，我又遇见了布依克。

"嗨，布依克，上一阵子哪里去了？旅游？度假？"

"没啊，我没有离开过巴黎……"

"那怎么人都看不见呢？"

"你还是见过我的！说来也是，我还要谢谢你呢！"

“要谢什么？”

“上星期日的那块面包！”

“不！不可能吧！那只乌鸫是你吗？”

“那只乌鸫是我啊！我试了几次要跟你说，你就是不明白！”

“你怎么试的？”

“我跟你说：布依克！布依克！”

“啊！我请求你原谅！你没有对我说这个！你对我说的是：‘忒！忒！忒！’这不一样！”

“用一只乌鸫的嘴巴说‘布依克’，你以为容易吗……”

“但是，你告诉我，你怎么把自己变成乌鸫呢？”

“喔，这说来话长！”

“说来话长，真的吗？说说看！”

“但是你跟谁都不会说的吧？”

“恰恰相反，我要跟谁都说！我还要把它写下来！”

“写在一部书里？”

“写在一部书里！”

“写上我的名字，还有一切细节？”

“写上你的名字，还有一切细节！”

“好。这样的话，同意！”

以下就是我的朋友布依克对我说的故事。

两周以前，那时我还小（我的朋友布依克深信他自上星期以来长大了许多），那时我还小，我人笨、笨、笨！我不愿意劳动。

当然，人人都有心不在焉、不思工作的时候……但是对我来说这不是情绪好坏的问题；我就是一刻也不愿意工作，今天不，明天不，以后也不！

当然，在学校里，女教师对我们说，工作是必需的，如果谁都不工作，我们就不会有东西吃，有鞋穿，有玩具，有电视，有电影，有手枪，有机枪，有炸弹，有汽车，有滚轴溜冰鞋，总之一句话什么什么都没有……但我不是很相信。

至少，我愿意其他人都工作，要是他们都想去做的话，为什么不呢？……反正就我来说，我是铁了心什么都不做的。

于是有一天，上课时候，那是上周一的上午，女教师鼓励我们发言，给她说说我们对学校的想法，我就站了起来，说：

"老师，我有不同想法要发表。"

"你有不同想法，真的吗？"她回答说，"是什么呢？"

"学校。"

"学校里的什么呢？"

"学校里的一切。"

"真的一切吗？"

"绝对一切！"

"好，我听着。"

要说还真不容易。但是我相信我还是应付得不错。

"我要说的是这个。"我说，"首先我觉得学校不应该存在。要学习该学的东西，大家最好还是去外面散步，独自自由自在。看告示、地铁标牌、招贴海报……来学习阅读。写是没用的，因为已经有了书写机器，算术也是没用的，因为已经有了电脑……说到历史，从前的人做了什么事，对我们又有什么意思呢？这属于过去，我们不必再去谈论……说到地理，也毫无用处。如果有一个国家发生战争，这个国家和它的居民，有什么我们该知道的事，电视都会告诉我们的。不发生战争的国家引不起大家的兴趣。我觉得学校只会叫人讨厌。”

女教师安安静静听我说，决不打断我。当她看到我发言完毕，反问说：

“好的，那么你以后做什么呢？”

“什么都不做。”

“你总得学一门技艺吧……”

“学技艺有什么用？”

“养活自己啊！”

“要活下去，并不需要工作……”

“在我们这个社会是需要的。”

“那样的话就必须改变社会。大家瞧院子里的鸟，它们没有钱，没有职业，没有商店……还是活得好好的……它们只是整天唱歌！”

“你那么肯定？”

“只要看看它们就知道了！”

“这样说来，你高兴过上鸟的生活啰？”

“为什么不呢？它们很幸福啊！”

“你知不知道这是可以做到的？”

“这可以做到，您相信吗？”

女教师这个时刻怪怪地瞧着我。不像是在讨论问题、要说服对方的人，相反地像是个在讨教学习的人。她回答我说：

“我能够把你变成鸟，比如说先定为一周时间。这样你自己去体验鸟过的是什么日子。然后回来把一切都告诉我们……”

“真的吗，老师？”

“真的。你同意了？”

“我是的。要是妈妈愿意……”

“这样吧，跟你妈妈说我今晚去看她。”

当天晚上，女教师果真到我家来了，跟我母亲谈话，母亲允许她把我变成一只乌鸫，但是最多一星期。

第二天，女教师在班上对我们说：

“孩子们，今天我们将要做一次实验。我们的朋友布依克现在在这里，不愿意工作，现在不，以后不，永远不。但是由于他志愿给我陈述乌鸫的生活条件，我将把他变成乌鸫。他将于下周回来，给我们报告他的见闻……我们在那时将会看到他是不是宁可变成人，像大家一样工作……现在，布依克，请到黑板前面来，不要害怕。”

事实上，我那时有点害怕的。但是我话说得太多，再也不能够在同学面前退缩……我于是走向黑板，女教师用拉丁语、汉语还是希伯来语说了几句，反正我区别不出来……我一下子看到自己变小了，跳跳蹦蹦很轻巧，斜眼还可看到自己有一只美丽的黄嘴。我变成了乌鸫。那时，我“忒”的一声，张开翅膀通过打开的窗户飞了出来。

这开心极了。我从来不曾学过，但是我会飞了。我上下翱翔，侧翅斜飞，一点也不晕眩！我就是这样在窗前来回飞了几圈，让同学惊讶不已，接着，因为不想在（我看惯了的）学校院子里停下来，我往上升空，飞跃屋顶，到达公共花园。

整个上午我只是飞，吹口哨，跳跳蹦蹦，拜访平台、草地、花丛……下午刚开始，我因为肚子饿，想起每天这个时候有一位老先生从饭店出来，把剩面包掰成小块，来喂街心花园的小鸟。

他像平时那样来了。那些鸽子、那些麻雀一看到他，蜂拥而来围着他。他开始撒面包屑，突然他窥见了我。

“咦！这里有个新来的！我的小乖乖，你到这里来吧！”

他朝着我的方向扔。但是要接住可不是容易的事！我的一半食物给这些流氓麻雀掠夺了，鸽子又用嘴巴威胁我，要我离开。我倒要问，麻雀应该存在吗？还有这些肮脏的畜生——鸽子！应该把它们都吃了！

这一次总算靠了我的机智灵巧，主要还是这位老先生的好意，我还能够吃个饱。这天余下的时间里，我散步，闲看儿童们在玩沙，啄食四周零星的面包屑。到了晚上，我栖息在一根水管上，睡着了。

接着第二天，我遇见了它。

这是一只灰色小乌鸫，悦目的灰，单纯，横条纹，文静。它停在一根梧桐树枝上，用嘴巴梳理嗉囊上的羽毛，仪态那么出众，我为之倾倒。我飞过去停在它旁边，问它：

“小姐，您是单身一人吗？”

它抬起头：

“对不起，先生，您是在跟我说话吗？”

我立刻明白我遇上了一位大家闺秀，改变说话的腔调。

“亲爱的小姐，”我说，“我要是打扰了您，务请原谅，但是看到您孤零零，愁云满面，不由得想到应该有个有教养、有礼貌、对您尊尊敬敬的人陪伴身边，或许不会叫您不高兴……我受过教育，您知道，我识字，会读告示、招牌，甚至菜贩子的标签。我看到了您没法不满腔热情……”

等等，等等这类的话。这一切当然都是用乌鸦语说的，这是一种情意绵绵的语言，你们可能已经领会。它当时把我从头到脚看了个遍，神态既欣赏又挑剔，出奇的冷静。最后它回答我说：

“是么，但是这还得看以后……我们可以去找一棵树，搭个窝一起住。您说怎么样？”

“亲爱的，一切照你的意思做吧，”我说（这次我觉得有权利跟它以你相称），“一切照你的意思做，只要让我在你身边，看着你，欣赏你……”

“那你就来吧，”它也对我以你相称了。

我们寻找一棵树。给自己寻找一棵树，在上面安顿成家，表面看来是件轻而易举的事，事实上这是一项大工程！我们从公共花园出发，越过大半条环城大道，才找到栖身的地方。每次我们靠近一棵树，就有一只鸟来赶我们走：

“有主啦！留着的！这里没有地方啦！”

那些树还是很宽敞的，足够容纳两个窝，甚至再多也可以！但是大家都希望独自享用！

最后我窥见一棵没被占用的树。我疾飞而去，但是刚刚停在上面，立即遭到一只乌鸫的攻击，几乎把我撞下树枝：

“这是我的！这是我的！”

“没门，”我说，“是我第一个到！”

“是么，但是这是我的树！我在你之前看到！”

“撒谎！”我的雌乌鸫说。“要是您在我们之前看到，您就会立刻来了！您什么也没有看到！”

“不，你们去那边那棵吧！”另一只雌乌鸫叫道（它显然是那只乌鸫的伴侣），“你还是乖乖给我闭嘴吧，你这个山雀、红喉雀、雌鸽子……”

“我是雌鸽子？你再说一遍！”

“是的！一点没错，雌鸽子，雌鸽子，雌鸽子……！”

“我想你不会让人家这样侮辱我吧？”我的雌乌鸫气得发抖，对我说。“首先这棵树是我们的！你先去把那只乌鸫揍一顿，而我同时也给那只雌的来点颜色看看，我们把它们从这里赶走！”

我承认就我自己来说并不想打架……我靠近那只乌鸫，而那只乌鸫这时候开始拍打翅膀，伸长脖子，张开嘴，大喊：

“过来我就啄瞎你的眼睛！”

我看到这一切时，对我的雌乌鸫说：

“这是个白痴，庸俗不堪。咱们走吧。”

我把它带走了。它跟着我实在不甘心，而那两个则恶意地大笑。而接下来那棵栗树没被占领。说实在的，没有前面那棵漂亮，叶子也没有那么茂盛。但是那里，至少没有乌鸫跟我争夺地盘！我的雌乌鸫视察了好一会儿，轻声叹息，然后坐在两根交叉的树枝上，对我怨声说：

“好吧，也就将就一下了！咱们想个办法吧……现在，你去寻找一些小树枝！”

“一些小树枝？”

“是啊，一些小树枝！你总不见得以为窝说有就有的？还要鸽子羽毛，要是能找到几撮羊毛……总之一切能够做窝的材料。”

我不是非常信服，问：

“这些都那么急着用吗？”

“还问什么急着用？我要生蛋了。然后又要孵蛋。小鸟破壳出生后还要喂！”

“但是我，”我说，“我爱你啊！我们一起待上一会儿，好吗？我们还没说过几句话！我还没有向你表白我的爱情！”

但是雌乌鸫不在听：

“你爱我？好啊，再好也没了！这样的话照着我对你说的去做，你去找一些小树枝！你呆着还等什么？赶快去吧！”

我必须服从，我起初以为弄回来两三根小树枝也就可以交差了，其余一切由它去完成，但是它的意思可不是这样！我带了一片木头、一撮绒毛或一块碎布回来，立刻又要出发再去寻找！每次听到的都是抱怨的声音：“啊！你现在总算回来啦！我可怜的朋友，你在外面跑一趟，我可是在做十倍的工作……不，给我瞧瞧这个！你要我用这样的废物做什么？你对现实没有一点概念！得了，把这个放下，去找些好的来。赶快去，请吧！”

这样过了两天，我们在盖那个窝。窝一旦做好，雌乌鸫就生蛋，接着开始孵化。那时候我必须喂它，它从来吃不够！我没有一分钟空闲，整个白天就是忙这忙那，疲于奔命……我脸上稍微有点不乐意的神色，它就对我说：

“你现在就虎着个脸？有的事你还没见到呢！小的生出来后，它们比我还会吃呢！我们两人光喂它们还嫌少呢！”

最终我实在受够了。我要换一个雌乌鸫，找一只较为温柔的、好说话的、和气的、不那么专横的……有一个上午，在一个街心花园，我正在一堆天竺葵里啄食，听到身边一个小声音在求我：

“对不起，先生，您能不能给我一条小毛虫？”

我起初没听明白。我问：

“一条小什么？”

“我说的是一条地里的小毛虫。我饿极了，我又是孤零零一个……没有雄乌鸫要我！”

这是一只雌乌鸫，说实在的不是很美丽，甚至长的就是难看……但是我想长得不好看的它会是个温柔、性情随和的鸟，既然它害怕孤独……我于是给它几只昆虫，开始交谈，它和颜悦色，不厌其烦听着我，我给它叙述我的故事，辛酸地埋怨我的伴侣强加于我身上的劳动。它叹口气，深表同情，安慰我说：

“我理解您……您是个容易动感情的人，它不知道好好理解您，欣赏您……您一定受了不少苦！”

这次我心满意足了。我找到了灵魂的伴侣，一只可爱依人的小鸟，也因为身世有点坎坷，更加楚楚可怜。二十分钟后，我对它说：“咱们去找一棵树，让我们一起过吧。”

寻找是困难的，比第一次还要困难。最后我们还是找到了一棵叶子稀疏的梧桐树……一经安顿下来，我要跟我的新女友雌乌鸫说几句温柔的话，我靠近它：

“亲爱的……”

但是它立即打断我的话：

“好。现在不需要甜言蜜语！您去寻找一些小树枝！”

跟那个一样，跟那个完全一模一样！这次我立即明白过来，不由分说张开翅膀飞走，去寻找我原来离开的那位。“至少，”我心里想，“那个还漂亮！”

我于是回到了环城大道，嘴含一只美丽的苍蝇，去请求原谅……我窥见了那棵栗树，我心爱的小伴侣坐在它的鸟蛋上，我飞，我飞，我飞到了，停下。这时候另一只乌鸫在我面前挺直了身子：

"嗨！你上哪儿去？这里有主了！"

"我当然知道，因为我就住在这里！"

"不，住在这里的是我！"

"怎么一回事，这是我的雌乌鸫！我们是一起过来的……"

"它不再是你的雌乌鸫了，它做了我的雌乌鸫！你从这里滚开吧！"

"怎么！这太不讲理啦！"

"你不愿意滚开？"

那个畜生要比我强壮。也刁滑！我试图跟它讲道理：

"是这样，先生，我在您之前到这儿……"

"可能是吧，但是现在我在这里！"

"这不讲理，我跟您说……我会申诉！"

"可怜的笨蛋，你向谁申诉？"

"我不知道，但是我会申诉！"

"好啊，你申诉啊！现在先滚出去！把你的苍蝇给我！"

这个野东西一边说话，一边从我嘴里夺去苍蝇，把我往空中推。最令人沮丧的是那只雌乌鸫，把我们的争执清清楚楚看在眼里，也听在耳里，却待在那里什么都不说，仿佛这件事与它无关。我立刻想到：我必须同它解释。

我飞得远一些，等待我的情敌飞开去寻找昆虫的时候，乘机回到窝里，我立即兴师问罪：

“怎么？你就是这样保护我的吗？”

“我为什么要保护你？”雌乌鸫对我说。

“这算什么话，我是你的伴侣，你自己这样对我说的！我们一起栖身在这棵树上，这是我的树，这是你的树，这是我们的树，你不记得啦？”

它安静地回答我说：

“好吧，这要是你的树，你就保护它。”

“还有你呢？你是我的，你最清楚！”

“我要是你的，你就保护我！”

“你就是这样同意属于别人啦？”

雌乌鸫这次正眼看着我：

“听着，我的小朋友，只说一次决不多啰嗦，我属于那个能够抚养和保护我的孩子的人。你要是太软弱，或者太胆小，保护不了你的窝免受别的乌鸫侵犯，你又怎么能够保护它去抵御一只乌鸦呢？一只

猫呢？一个人呢？我需要一个强壮的伴侣，勤快，有主意，勇敢，工作努力，有责任心！一个懒汉，一个懦夫对我没有用！”

我还是再三跟它争论……但是没有用。五分钟后，我的情敌回来，我不得不赶快逃之夭夭。

整个周末，我过着单身乌鸫的凄凉生活。当然，你会跟我说，我还是可以在屋檐下睡觉，捉虫子养活自己，不用依靠街心花园的那位老先生……但是其他鸟，得知这件事的全部内容，接二连三地迫害我。因为巴黎的鸟儿最爱搬弄是非、嘲笑别人，看不起人……它们偷走、在我的鼻子下抢走我的粮食，甚至好几只纠集一起夺取我的口中物。当老先生过来时，它们阻止我飞近他！

这时候我真正饿上了肚子，因而上星期我会毫不犹豫来啄你桌子上的面包。

到了星期一早晨，不用说，我急切地等待学校开门，心里想：

“教师只要不罢课就好！”

我一看到女教师，立刻停在她的肩膀上。她马上明白了。

“咦！”她说。“这是我们的朋友布依克！”

她让我跟着同学一起进教室，全体学生一坐好，我就停在黑板前，她倒着背诵她的汉语，使我又恢复人形……就在这天上午，我在同学面前陈述我的全部经历。我怕他们嘲笑我，但是没有。他们很明白这是一件严肃的事，他们甚至还对我有点儿嫉妒，虽然我并不总是很光彩……最后我对他们说，做一个好学生，不比做一只好乌鸫更加难，我很高兴做个小孩，即使今后我应该靠工作活下去，这才是生活的真相！

女教师非常大度。她无意使我出丑，也不讲那些愚蠢的大道理。她让我把话说完，然后我们做算术。算术，要是用点心思去做，实在是一门有趣的课。

以上就是布依克如实向我叙述的故事。我不愿意比女教师更愚蠢，也就不添加什么感想与评论了。

公正与不公正

（俄罗斯童话）

从前有两个乞丐，他们全部家当就只是各有一片面包。第一个是公正，第二个是不公正。他们一边走在大路上，一边在讨论。“公正，”一个说，“又养不活人！”

“可能是，”另一个说，“不过为人公正较好。”

“不公正坐轿车，公正赤脚走！”

“没说的，不过还是公正较好！”

这样讨论了一个小时，不公正失去了耐心。

“哼！你就是弄得我烦！听着，我们去问一问首先遇到的三个人的意见。只要有一个像你那样说是公正较好，我把我的这片面包给你。要是三个人都像我这样说是不公正较好，你把你的那片面包给我。同意吗？”

“同意，”公正回答说。

他们走着，走着，遇见一个农夫：“农夫，你给我说说，公正好还是不公正好？”

农夫毫不犹豫回答：“不公正较好。你不欺骗你的邻居，他就来欺骗你！”

“你听到了吧？”不公正说。“这是一个！”

“但是这还只是一个。”公正回答说。

他们走着，不停地走着，遇见一个修士：“修士兄弟，你给我说说，公正好还是不公正好？”

“哎呀，我的兄弟！”修士叹口气说，“公正是世界上最美好的东西，因为它来自上帝……但是在这个世界上，必须承认，不公正还是比公正好！”

“你听到了吧？”不公正说，“这是两个！”

“但是这还只是两个……”

他们走着，不停地走着，遇见一个全身穿黑的商人。这个商人举止怪异：长着两只毛茸茸的尖耳朵，鞋子开裂，身后有一条小尾巴，露在裤子外面……但是我们这两个乞丐对此没有注意。

“我的好先生，您说说公正好还是不公正好？”

“公正？”商人竖起眉毛回答说，“这是指什么？我只知道死亡是公正的！活着的人只能在不公正中讨生活。”

魔鬼走开了。因为这个人当然是魔鬼的化身。

“你输了。”不公正说。“把你的面包给我。”

“在这里。”公正说。“我承认我输了，然而我还是认为公正较好。”

不公正听到这话，耸耸肩：“嘿，你这人太蠢了！我宁可对你不作回答！”

他们继续赶路，这次再也不说一句话。到了中午时刻，他们

停下，坐在一棵树下，不公正开始吃东西。

“我饿了。”公正说。

他的同伴开始发笑，“你这话是在跟我说吗？你不是知道我是不公正吗？”

“我饿了。”公正又说了一遍。“给我吃一口面包，只一口。”

“给你吃一口面包，让我抠掉你一只左眼！”

“没办法，我同意，我太饿了！”

这时不公正从口袋里掏出一把尖刀，抠去同伴的左眼，然后给了他一口面包。

这顿饭吃罢以后，两个乞丐站起身，还是静静地赶路。太阳下山，他们又停下，不公正开始吃第二片面包。

“我饿了。”公正说。

“你真的饿了吗？”不公正说，嘿地一笑。

“是的，我很饿。”

“给你吃一口面包，让我抠掉你一只右眼！”

“那样我再也看不见东西了！”

“不接受就算了……”

公正想了想说：“我两眼瞎了以后，你不会抛弃我吧？”

“当然不会！”

“你不会让我自生自灭吧？”

“不会！”

“你始终跟我在一起吗？”

“当然跟你一起！”

“你给我带路？”

“不会错！”

“那样我同意。”

那时他的同伴拿起他的那把尖刀，抠去他的另一只眼睛。他把刀放回口袋，但是轻轻站起，往大路的远处走去，没有按照诺言给他吃那口面包。

“嗨！你要往哪儿去？”公正叫道。

“我走了。”

“等等我啊！”

“不，我不等你！”

“但是你答应不会抛下我的啊！”

“我答应过，是的，但是我不想遵守诺言。我是不公正，你难道不知道吗？”

不公正走开了。

这次，公正感到走投无路了。

“他不是没有道理。”他想。“我以前信任公正，公正却使我变成了瞎子。好吧，既然是这么一回事，我把我的灵魂出卖给魔鬼！”

他站起身，走着，遇见一名农夫：

“兄弟，请告诉我到哪里可以找到魔鬼？”

“那还不容易！”农夫回答，“走这条往森林去的路。一直往前走，直到你听见泉水声。在泉水旁边有一棵大树。你在这棵树下躺倒，尤其不要动。这棵是地狱树。每天夜里，魔鬼栖息在树上开会。”

公正道了谢，上路一直往前走。刚走进森林，听到了泉水声。他走近去，手杖往前拄，碰上了大树，就在树脚下躺倒，再也不动。

果然到了半夜，听到翅翼声。这是魔鬼们从地平线的四面八方飞来栖在树枝上。当他们全部到齐，其中一个是他们的领袖，说话了：

“兄弟们，”他说，“会议开始。你们愿意，我们就开始检查昨夜分配的任务完成情况。”

他向他们逐个询问：

“你说！你做了什么？”

“我诱惑了一个男人。”

“好！那么你呢？”

“我让一个女人灵魂堕落。”

“那更不错！你呢？”

“我。”一个青年魔鬼说，“我让国王的女儿变成了盲人！”

“蠢货！”魔鬼头儿说，“兄弟，你难道不知道这里的泉水可以医治盲人吗？”

“是的，我知道，但是国王不知道……”

“到头来一切都会知道的！你要是愿意变成一个真正的魔鬼，必须要懂得歪门邪道！明天可要努力改进了！”

“兄弟，我会试试……”

“那边的这位，你今天做了些什么？”

这次回答的是一个非常熟悉的声音：

“兄弟，我么，在散步的时候，我诱惑两个正在讨论公正与不公正的乞丐。我扮成一个商人，他们朝着我走过来，问我意见，我回答得那么巧妙，还没到黄昏，其中一个就把同伴的眼睛抠掉，又把他抛弃在路旁……”

“干得好！”魔鬼头儿满心欢喜，说，“兄弟们，这个你们听到了吧？事情就得这么干！”

公正在那个时候一动不动呆着。他屏息静听，甚至不敢瞌睡，只怕发出鼾声，此外他听到的话跟他太有关系了！

余下的夜晚时间，魔鬼继续讨论，报告他们的行动，相互批评，安排第二天的任务……终于东方发白，雄鸡高唱，他们像来时那样向四面八方飞去。

他们一离开，公正站起身，朝着泉水走去，喝了一口。同时他睁开眼睛，像从前那样看清楚东西了。这时他取出他的葫芦，灌满了神水，然后上路走到了首都。

当天上午，他来到宫殿自报家门。

“你要干什么？”哨兵问。

“我要觐见国王。”

“为什么？”

“我要治愈他的女儿，让她恢复光明。”

有人把他领到国王面前。

“乞丐，你要什么？”

“陛下，我要治愈你的女儿。”

“你如果把她治愈了，会提出什么样的酬谢？”

“我如果把她治愈了，陛下，我要求娶她！”

国王对乞丐一瞧，他英俊强壮，还年轻。尽管衣着破旧，但是气概不凡。

“我同意，”他说，“你如果把她治愈了，你就娶她。不过你治愈不了她，我就要砍你的脑袋！”

“陛下，一言为定！”

有人把公主请了过来，乞丐在全体朝廷大臣面前，给她喝了一口葫芦里的水。她的双目立刻睁开，像以前那样看清楚东西。这时候她跳上去搂住公正的脖子，亲吻他，那么兴奋，那么兴奋，全城都听到接吻的响声！在这之后，唯有一件事有待去完成，当然就是尽快为他们举行婚礼！

几小时以后，我们的乞丐从教堂走出来，手里挽着他年轻的新娘子，他已经变成了王子，他在人群中窥见他从前的伙伴——那个不公正乞丐。他迅速命令两名士兵去把他找来。那人被带到他面前，把他认了出来，双膝下跪：

“我对你做过坏事！求你饶了我吧！”

“你起来。”公正说，“什么都不用害怕。你对我做过坏事，这是可能的，但是你并没有损害到我，恰巧相反！我还应该对你感激不尽呢！”

他邀请他入席用餐。当不公正吃饭的时候，他跟他讲述上一夜发生的事。之后，不公正辞别时，王子还送了他满满一袋金子，跟他说：

“你看见了吧，说到头还是公正较好！”

但是不公正怒火中烧。

“怎么！”他心里想。“这个傻瓜、这个笨蛋、这个蠢货、这个愚人做上了王子，而我一直到死当个乞丐吗？我应该变得比他更有钱！”

当天，他出了城，朝着森林走去。

他首先寻找泉水。他找到了。

他寻找地狱树。他也找到了。

这时候他在树下躺倒，等待黑夜。

半夜钟声敲过之后，他听到翅膀响声，模模糊糊看到魔鬼从地平线的四面八方飞过来，停歇在树枝上。当他们到齐了，魔鬼头儿发言：

“兄弟们，大家都来了吧？”

但是这时候听到一个声音，细小胆怯，这是一个微不足道的魔鬼在发声：

“原谅我，兄弟，但是在进入议程以前，我要报告一条重要消息。”

“兄弟，说吧，我们听着你呢！”

“是这么一回事，有人——我不知道是谁——大约在昨夜偷听了我们讲话。因为那个瞎眼乞丐用这里的泉水治好了自己的病。此外他还把他的葫芦装满了水带走，使得国王的女儿重见光明，还在当天娶了她！现在他做了王子，永远公正，心满意足做个公正的人！”

这次，魔鬼头领勃然大怒：

“这是因为……”他高声吼叫，“我们大家放松了魔鬼的警惕性！我们说话之前应该先去四处巡查！你们去看看是否有人还在偷听我们！”

这些魔鬼立刻起飞，绕着树林飞得低低的，再低低的，在叶子之间搜寻，在枝杈之间察看，降至树干后又降至地面的高度，发现了不公正那个缩成一团的乞丐，哇哇大叫着向他扑过去，把他撕得粉身碎骨。

没有姓的卡特琳

从前有一个是世上见过最丑、最脏、最可恶、最可怕的老巫婆。

她是那么丑，被大家选为 1931 年丑小姐。

她是那么脏，被大家选为 1951 年脏小姐。

那么可恶，被大家选为 1961 年可恶小姐。

那么可怕，被大家选为 1981 年可怕小姐。

这个老巫婆没有姓，因为她实在不可名状。有人偶然提到她时，称她丑小姐，或者脏小姐，或者可恶小姐，可怕小姐，更有甚者，干脆叫她无名婆。

无名婆有一个女儿。当然不是她亲生的，因为她是可恶得连女儿也不会有一个！那是个失去双亲的女孩，归她来抚养。这个女孩叫卡特琳。卡特琳也没有姓，这是不用说的。

没有姓的卡特琳与她的养母正相反，她是谁都没见过的那样美丽、温柔、可爱和讨人喜欢。那样美丽、温柔、可爱和讨人喜欢，竟至于世上无人知道这点，连她自己也不知道这点。

每天，巫婆对她说：

“你长得难看！你不知道怎样穿衣！你手脚笨！你什么都不会做！没有一个男孩要你！”

可怜的卡特琳想：

“我的没有姓的好妈妈有生活经验，她知道自己说的什么，肯定不会没有道理。我以后会找不到丈夫！”

她埋头工作，因为一切家务都是由她在做：打扫、洗碗、购物，一周七天，没有一天歇息，仅喝上一碗汤果腹！

现在我打赌，你们要问我，这个又丑又脏又可恶又可怕的巫婆，身边怎么会有个这么美丽、温柔、可爱和讨人喜欢的小女儿……怎么会？我来告诉你们。这是因为她希望来个弥补。你们知道，在学校里要升一个年级，若有一个算术好分数，在某种情况下，可以弥补一个法语坏分数，这仅是举个例子。这个没有姓的女人心想，随着时间推移，她会得到一点卡特琳的优点，而卡特琳又会从她那里吸收一点她的缺点。

但是她错了。岁月一年年过去，可恶小姐变得更可恶，因为她的这种恶心恶意是真正排他性的缺点。至于卡特琳，她则一天

比一天俏丽。

“我该怎么做才好呢？”巫婆问自己。

她想了又想，睡着了又醒来，反复思考默想，最后有了个主意。她急急忙忙奔到一家面包店：

“您好，面包师先生！”

“您好，脏小姐！”

“您有没有会说话的羊角面包？”

“啊！抱歉，脏小姐！最后一只刚刚卖掉！”

“太不巧了！再见，面包师先生！”

她急急忙忙奔到一家兼卖杂货的药房。

“您好，药房老板！”

“向您问候，丑小姐！”

“您有魔镜吗？”

“在我的库房里，大约还剩一个。”

“去找出来！我马上就要！”

“立刻就去，可怕小姐！”

药房老板出门到隔壁房间里翻箱倒柜，不久只听到与此类似的声响：啪哒蓬！咯啦咯！滴灵滴灵滴灵！佐特！克劳特！弗吕特！

还有几个别的字，可惜我已经忘记了。

老板腿一瘸一瘸出来，眼睛上一块乌青，额头上一个大包。

他脾气坏得不得了；

“我把魔镜打碎了！我将会遭遇七年的霉运！”

“那样也没法啦！再见，药房老板先生！”

巫婆到了工程师先生那里：

“您好，工程师先生。”

“您好，没有姓的太太！”

“我要一台电脑。”

“做什么用啊？”

“解答一些问题……”

“我很乐意给您提供一台……但是注意！电脑有各种各样用途，各种各样外观，各种各样颜色……您要什么样的呢？”

“我首先要的是有问必答的那种！”

“好的……”

“它告诉我全部真相，纯粹真相……”

“记下了！”

“尤其它要乖乖听我话！”

“没别的啦？”

“是的，我相信没别的啦……我要的您能提供吗？”

“我能！”

工程师走开了几秒钟，捧了一只小盒子回来，他说：

“这是一台用电池的电脑，操作非常方便！我先让它吃进您的一切意愿，然后您取走，以后您向它提多少问题都可以。”

他把小盒子放到桌子上，然后先后插进去三张打孔的卡片，他在卡片上用电脑语言写上三条如下指令：

一、你回答一切问题。

二、你说出全部真相，纯粹真相。

三、你一切按指示去做。

电脑先后吃进三张卡片，然后说："啪哒克啦！啪哒克啦！"接着闪出一道绿光，不声不响了。

"好了，没有姓的太太！您的电脑完全可以用了！您愿不愿意现在就试试？"

"不，不，我回家去试……我该付您多少费用？"

"这个，您么……一瓶隐身水吧！这可能吗？"

"没问题，工程师先生！我一刻钟后给您送来！"

巫婆挟了那只盒子回家去。她还没有进屋子就张口大叫："卡特琳！懒虫！你躲在哪儿？"

"妈，我在这里呢！"卡特琳说。

"啊！你在那里！我原来没看见你……啊嘿！你比昨天还难看！跟我说说，你知道你该做什么吗？"

"妈，像平时一样，您告诉我做什么我就做什么！"

"好。你把那边木板上的那个瓶子拿来……要注意！你那么笨手笨脚！"

"拿来啦，妈，现在呢？"

"现在把这个瓶子给工程师先生送去。尤其不要慢慢吞吞的，你这人那么懒……"

"我跑着去！"

"不，就是不要跑！你那么毛手毛脚……这瓶子里你知道装的是什么吗？"

“妈，我不知道。”

“这里面装的是隐身水。你只要在地上滴上一滴，地就会看不见！”

“好的，妈，我会小心的。”

“希望如此……你那么健忘！去吧，现在就去吧！”

卡特琳就去了。

巫婆留下一个人，把门上了锁，然后坐到放在大桌子上的小电脑前，开始唱：

电脑，
我的小心肝，
跟我说我是个大美人，
卡特琳是个丑丫头，
事实如此……
你没有权利否认！

您要是处于电脑的地位，怎么说呢？我深信我将会一筹莫展……但是电脑是个机灵鬼。它毫不犹豫地唱：

你美得让人害怕，
卡特琳丑得像朵花。

这话说得巧妙，不是吗？它回答，这是它的责任，它说出人家要它说的话，它又做到不撒谎！

这声回答却让没有姓的太太陷入深思。但是由于她这几天正自鸣得意，于是自圆其说给它补上个美妙的意义：

“说来也是的，”她对自己说，“大美人叫人害怕！花确实也不都是美的，有的还很丑！”

那天晚上，她对待卡特琳要比平时温和许多。她甚至还给她喝了一碗汤；她不是前天已经给她喝过了吗！

但是接着那个夜里，她做了一个可恶的噩梦。她在睡梦中散步，四周是艳丽的花丛，但是她采了一朵，可怜的小花见了她的丑相，吓得立即枯萎了。

这天早晨，她刚起床，就对卡特琳破口大骂，把她派到很远很远的地方去做桩事。然后自己关在房间里，再一次询问电脑：

电脑，
我的小心肝，
跟我说我是个大美人，
卡特琳是个丑丫头，
事实如此……
你没有权利否认！

您要是处于电脑的地位，怎么说呢？我相信我只会望着荧屏叹气了……但是幸而电脑诡计多端。它一字一句回答：

你美得像只癞蛤蟆，
卡特琳丑得像头小绵羊。

巫婆思索了好久……但是由于她还是很会想入非非，什么都往好里去想：

“就算是一只癞蛤蟆吧，这也可能是很美的！它们找得到雌癞蛤蟆成亲，这就是明证……但是一头小绵羊，身体是白的，头脑是笨的，摸上去油腻腻的，长年的羊膻味……此外叫声‘咩……咩……’，粗糙不堪，真恨不得对着它的屁股踢一脚！”

可是啊！接着的那个夜里，没有姓的太太做了一个可怕的梦！她变成了癞蛤蟆，夹在一群绵羊中间。绵羊是那么娴静优雅，癞蛤蟆是那么丑陋，牧童一看见它，抓住它的一只爪子，就往池塘里扔去！

这次，可恶小姐愤愤不平起了床，盥洗穿衣喝咖啡，做完这些，她就把卡特琳远远支开，然后仔细锁上房门，坐在电脑前面，语气不高兴地问：

电脑，
小捣蛋，
跟我说我是个大美人，
卡特琳是个丑丫头，
事实如此，
这次不要跟我耍滑头！

我要是处于电脑的地位，我承认我会害怕了……但是，电脑很有胆量，声音平静地唱起来：

你美得像块抹布，
卡特琳丑得像只蝴蝶。

但是这次巫婆猜疑到其中有恶意！她瞧向窗外，看见几只蝴蝶。那些蝴蝶好看！然后她走到厨房，看见一块抹布，一块肮脏的抹布，上面还有一根吸芽，直挺挺挂在一根圆钉子上面……

这时她回去坐下，对电脑说：

电脑，
叛徒！骗子！
你还是不能
说一些中听的话！
你背叛了我，我恨你！
把你知道的东西忘了吧！

“啪啦哒！啪啦哒！”电脑发出声音。

它把绿灯点亮了，后又熄灭了，从这天起再也不说话。

几小时后，卡特琳回来，她不但喝不到汤，还挨了一记耳光，不得不去躺在床上。巫婆也上了床，受了气也没有吃晚饭。

第二天，她对小女儿说。

“今天你照我的意思去采长在无底崖山腰里的那朵蓝花。首先不要掉下去，你那么笨手笨脚的！”

这很显然，她希望卡特琳头脑一昏，滚下无底崖跌死。

她去了，但是没有死去。虽然她不是很勇敢，她害怕黑暗、雷电风雨……但是她不害怕高空。一旦到了悬崖边缘，不像其他人那样会颤抖。她选了一根粗枝，竭尽全力攀附在上面，弯下身采了那朵花，摘完挺起身，然后回到家。

当然这是有风险的，我劝你们不要模仿她！

巫婆看到她回来，表情很不自在。她躺上床，思索了一整天，一整夜……第二天她说：

“今天我需要一根施展法术用的老虎胡子。在动物园里恰巧有一头西伯利亚虎。你去那里，走进老虎笼子，拔下它的一根胡子，带回来给我。必须轻轻拔，不要弄疼它！你是那么毛手毛脚！”

她当然希望卡特琳到时候犹豫不决，老虎发了脾气，把她一口吞下。

卡特琳去了那里，神不知鬼不觉潜入了可以看到各种鸟兽的动物园。她害怕胡蜂、蛇、虱子，但是一点不怕猛兽！她于是高高兴兴走进西伯利亚虎的笼子，这是一只美丽肥大的老虎，皮毛蓬松，好像一个心满意足的人那样睡着……她抓住它的一根胡子，猛地一拉，拔了下来，往外走。

“吭！”老虎吼了一声。

但是卡特琳已经离开，若无其事，毫不惊慌，那么悄无声息，就是那只野兽事后也没明白是怎么一回事儿。

然而，这是个危险的游戏。你们可不能同样尝试一下！

这次，没有姓的太太看到卡特琳过来，两根手指捏着那根老虎胡子，像一朵花似的，这让她犯了心痛病，整整过了三天才又想到一个新主意。

在第四天，她还是对小女儿说：

"给我到树林里去找那头肥熊。叫它来看我，我要把它吃下去。首先对它说话时语气要温和，你这个傻丫头！"

"妈，要是它不来呢？"卡特琳问。

"它要是不来，强迫它来！要装得有礼貌，你那么没教养……"

"要是我还是做不到呢？"

"那样只有你倒霉了！你要是不带着它来，那就滚吧，我的门是不会开的，我再也不让你踏进家门一步！"

"好的，妈！"卡特琳说。

她不再多问就去了。

当然，那些狗熊是不会让小女孩领着走的。尤其还说是给老巫婆去当口中食！可恶小姐还会不知道么！

"像这样，"她想，"肥熊就会把卡特琳这个小害虫吃掉，我终于可以摆脱她了！喔！我就是机灵！我是又美丽又聪明！"

这一次，她说对了。

卡特琳走出市镇，朝着树林走去，她走啊走的，钻进森林，寻找好久，最终站在一个山洞口。在洞口旁边有一只信箱，在这只信箱上钉了一块板，上面写了四个字：

肥熊先生

卡特琳要敲门，但是没有门。她要摁铃，但是没有铃。这时她定一定神，两脚站稳，开始高喊：

“肥熊先生！肥熊先生！”

有一条粗嗓子回答：

“什么事？”

“是我，没有姓的卡特琳！”

“没什么的卡特琳？”

“没有姓的！没有姓的卡特琳！”

“等一会，我就来啦！”

处于卡特琳的地位，您会等吗？而我不瞒您说，我会撒腿就跑，撒腿就跑……但是卡特琳害怕好多东西，比如：蜘蛛、爆竹、穿堂风等，却不怕狗熊。其中道理您爱怎么说就怎么说吧……

但是我不劝您像她那样做！

一分钟后，只听到：“嘭！嘭！”脚步声很重，很慢，震得地面也会动，肥熊出现在山洞口：

“你刚才说是没有姓的卡特琳？”

"没错，肥熊先生！"

"没有姓的卡特琳，你找我干吗？"

"我来找您是领您去见我的母亲！"

"你的母亲找我干吗？"

"她要吃掉您！"

"你说她要我什么？"

"她要吃掉您！"

接着几秒钟鸦雀无声。

"这个小女孩，"肥熊想，"是完全疯了！"

然后它大声说：

"我要是不跟你去呢？"

"那样的话，"卡特琳说，"她会命令我强迫您去！"

这次，肥熊放声大笑：

"你认为你能做到吗？"

卡特琳瞧着它。它身材比自己高大三倍，体重肯定要重二十倍。她回答也坦然：

"我不知道，我试试吧。"

"要是试了不行呢？"肥熊问，它觉得很有趣。

"那时候，"卡特琳说，"我留在这里，等到您同意为止，不管怎样，我不能不带着您回去，我母亲说她再也不会给我开门了。"

肥熊愈来愈感到有趣，这次，禁不住要对小女孩嘲笑一番，对她说：

“你吃掉我的左爪子，然后我跟你走。”

它当然是在开玩笑。但是卡特琳立刻不管三七二十一，扑到巨兽的左爪子上，啃了起来。肥熊看到这种情况，着实吃了一惊，连抗争也忘了，叫道：

“喔唷，好极了！你该是饿了吧！”

“啊，是的，肥熊先生！”

“你母亲怎么啦？她不给你吃？”

“给吃的，肥熊先生，不过断断续续……”

“怎么会这样，断断续续？”

“嗯……隔个星期……”

“你不是在说一个星期吃一顿吧？”

“这要看情况……有时候多，有时候少。比如说今天早晨，我已有七天没吃东西了，但是上星期，我喝了两次汤……”

“只有汤喝？”

“是的，只有汤喝。”

“蜂蜜呢？你不吃蜂蜜吗？”

“蜂蜜是什么？”

肥熊听到这个问题，感到自己撑不住了。但是它很快恢复了平衡和神志。

MIEL
HONEY

“好吧，没有姓的卡特琳。”它说，“既然如此，你就不要再回母亲那里去了。你留下来跟我过吧。你看，你吃了我的一个爪子，我再也不能下厨房了。你给我们两个人做饭，兼做家务，一天两顿给你吃饱。啊！还有我差点忘了，我给你尝尝蜂蜜！”

“蜂蜜有那么好吃吗？”

“这是世界上最美味的东西！”

“喔！好哇！谢谢，肥熊先生！”

卡特琳就是这样，至今还住在肥熊家，他们两个过得都非常幸福。老巫婆那里再也不用见到卡特琳也很高兴……这样一来皆大欢喜！

附：正当我要把这部书付印的时候，听说山洞口的那只信箱，挂上了一块新木板，上面写了这些字：

肥熊先生与太太

依您看来这是什么意思呢？

附二：有人问我，巫婆嘱咐卡特琳带给工程师先生的那瓶隐身水又怎么样了呢？这里面肯定也有一则美丽的故事可写……但是这种情况下，您不是也可以自己来写么？

农夫与麻雀

（法国童话）

从前有个非常穷困的农夫。

因为非常穷困，他从来不买肉。

因为从来不买肉，他要去打猎。

禁猎时节，他偷偷摸摸到森林去设置陷阱，抓获几只猎物，带了回家，也始终偷偷摸摸的，煮了，吃了。

有一天上午，他到了森林里查看他的陷阱。

第一只陷阱里什么都没有。

第二只也什么都没有。

最后在第三只，逮住了一只麻雀。

一只极小的麻雀，抓在手心里，感觉不出分量……农夫瞧着它，耸耸肩，自言自语说：

“这算什么玩意儿？总是这个……”

他拿起麻雀，准备拧断它的脖子，然而这时候麻雀开始向他说起了人话：

“农夫，不要杀我，把我放了吧！你杀了我，你得到什么呢？一碗清汤和两小口肉！你要是把我放生，回归自由，我送你三句良言，可使你成为最幸福的人！”

农夫开始思索。这确实是个很小的鸟。他吃了，也决不是一顿美食……要是把它放了可以变成最幸福的人，这值得考虑！

“你真的能够让我成为最幸福的人吗？”

“当然真的！”

“你说话算数？”

“算数！”

“你给我起誓！”

“我起誓！”

“好。不过，你不遵守诺言，那时给我逮住，你可要小心了！”

“你放心吧！”麻雀回答。

农夫把它放了。小鸟飞去停在一根矮树枝上，说：

“现在仔细听好我的第一句良言：别人跟你说的话不可全信。”

“你在嘲弄我吧？”农夫回答。“我本来就知道，听人说话不可以全信！你这话可真有新意！”

他伸手要逮鸟。但是鸟飞到更高的一根树枝上停下。

“现在仔细听好我的第二句良言：自己不曾有过的东西不要遗憾。”

这次，农夫发火了，大声说：

“我要是知道你跟我说的是这类蠢话，我听都不用听就把你宰了！这算什么话？我从来不曾有过的东西怎么说得上丢失！我怎么能为自己没有丢失的东西感到遗憾呢！”

“这话说得不错，”麻雀说，“你已经比你的模样要聪明了。但是现在仔细听好我的第三句良言！”

农夫听到这句话，心情平静了一点，他想：

“说到头来我听它说也没什么损失，反正不管怎样，我再也逮不住它了！”

他闭口不说了。这时小鸟又一次展开翅膀，停在那棵树的树顶上；一旦到了上面，它开始唱：

在我的脑袋里有一颗钻石，
比拳头还大，比拳头还重，
你那时要是不放我，
要是宰了我，
全省的田野、森林和土地
你都可以买下！

农夫听到这首歌，开始掉下眼泪：

“哎，小鸟啊！你最后这首歌使我成为最不幸的人！当我想到我本来会变成富翁，占有全省的土地！”

这时，小鸟重新飞下来停在他身旁，但还是不敢太近，因为它无意让那人再把它逮住。

“你宽宽心吧，”它说，“你不是最不幸的人，你只是最愚蠢的人，这有三个理由。第一，你遗憾自己从未有过的东西。第二，你不顾明显的事实也相信了我对你说的话。还有最后第三个理由：我这么一只抓在手心里感觉不出分量的小麻雀，怎么可能在脑袋里有拳头那么大的一块宝石呢？这下你可明白了，我的

第一、二句良言不是无用的！再见啦，农夫！努力做个不那么蠢的人吧！”

说到这儿，麻雀飞走了，农夫往家里走。他走在路上，不停地思索、思索、思索……

从这天起，根据故事里说的，人家对他说的话他不再全信，从来不曾有过的东西他不再遗憾，他变成了最幸福的人。

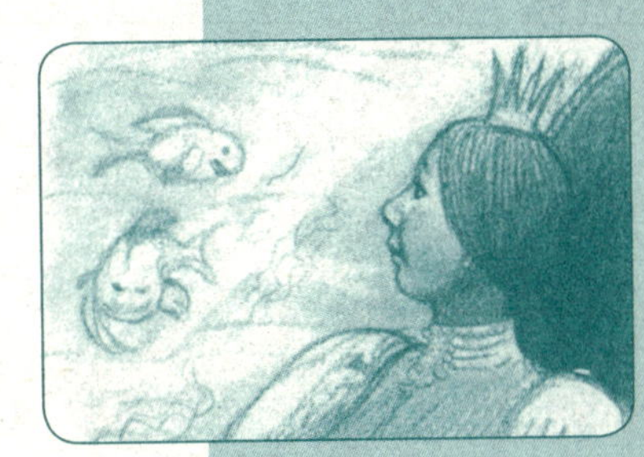

胡子公主

从前有位胡子公主，住在一座水城堡里……

喔，不。我这样子开头是不对的。比如当我说到一位胡子公主，您——肯定——立刻就会想象一位少女穿得富丽堂皇，头戴一顶王冠，下巴长着胡子……当我说到一座水城堡，您眼前出现的是一座金属高塔，顶上一只蓄水池，像大家在乡间散步时看到的……然而不，事实不是如此。

那就把我刚才说的忘了吧，我重新开始。

那个时代（这是很早以前了），陆地王朝与海洋帝国友好相处，人的国王与水的皇帝从古以来遇事同心协力。他们甚至还是姻亲，因为他们中间有人登上王位时，必须迎娶另一位帝王的女儿或姐妹。同样，男人都愿意娶个女水神，女水妖，女水精，而男水神则有机会跟渔家女、牧羊女、农妇或者城里的大小姐成亲。

有些学者断言——今天还是这样——人类来自海洋；或者说得更确切些，我们是变了种的鱼，有一天走出海水，习惯了在旱地上生活。我不知道这是不是真的，但是想想实在有趣。

不管怎么说，对于在陆地上呼吸的生物而言，在那个时期，淡水与咸水没有什么可怕的。人们不会阻止孩子到江河里游泳，也不禁止他们从海边游开。他们可以跳水，潜泳，在水底漫步，浮起再下沉，不用担心溺死。然而，游至中途，即使离海岸很远，碰上一只在散步的水母，一条在转悠的章鱼，一个孤独的水妖或者一对在蜜月旅行的水精夫妇，也不是稀奇事。还有鱼沿着江边码头，沿着海滩，有时甚至在海港边的马路上散步，一颠一颠前进，或者撑着鳍在地上扭动。

当然，这样的旅游不是没有危险的。有时一只落单的龙虾给人捡了去，切成椭圆形的薄片，四周浇上蛋黄酱；迷路的鳕鱼放到油里煎，而一条粗心大意的鲤鱼则在炉子里烤得金灿灿的……相反的情况也时有发生，有一些小狗在海边洗澡时失踪了，毫无疑问是被鲨鱼、抹香鲸、虎鲸吞食了……这不是吗？在陆地上，野兽相互吃来吃去，大家还知道鱼类之间也不会彼此客客气气的！

多少世代以来，存在于帝国与王朝之间的良好关系决不会被这类意外小事搅乱。人间的男人、女人、孩子在湖泊、河流、海洋里都得到保护，水族成员可以在陆地上溜达，不论年龄与性别，

都绝对安全。

可是终于有一天，陆地国王与海洋皇帝，几乎在同一时刻驾崩。他们的继承人，那些少年亲王，都只是些孩子……于是匆匆忙忙让他们坐上御座，各人头上放一顶王冠，这之后大家想到他们应该结婚了。

海洋帝国的青年皇帝绯鲤一世，根据习俗，必须娶陆地王朝的一位公主，陆地王朝的青年国王帕特里克三世则必须娶海洋帝国的一位公主。他们各向对方派出一支重要的代表团，带着年轻的未婚妻，还带了大包小包的礼物浩浩荡荡前去送亲。

一周后，一百来个陆地人穿着华丽，出现在皇帝的海底宫门前。他们是用脚，用胳膊，一会儿游泳，一会儿踏着海底走来的。他们陪同帕特里克国王唯一的妹妹、年轻的伊莱娜公主来的，还带着她的狗、猫、马，一些树、灌木、带根的绿色植物，还有花种子和果树苗。他们还带来了赤金珠宝、宝石雕像、乐器、图书、古代家具，总之，大量海里一般见不着的东西。

年轻的绯鲤皇帝隆重款待全体人员，把他的未婚妻连带着她的动物、植物、珍珠宝贝安置在人们称为空气室的宫殿里。不，不，这不是汽车内胎，而是一只固定在海底的大气泡，就在皇帝的宫殿旁边。这只气泡是方形的，更可说是立方体的，因为，那个时代会做各种形状的气泡。新娘可以像在陆地上那样生活，呼吸自由流动的空气，周围环绕着陆地上的器物用品。在这样的环境下，她或许不会感到那么陌生。此外，气泡的四壁完全是平直的，她可以欣赏到气泡外的全部海景。

在此之后，举行了婚庆和加冕典礼。陆地代表团参加了庆祝活动，以及随后的宴席、演出和舞会。他们甚至受邀参加在海藻森林里的虎鲨大狩猎。一周以后才打道回府，满载着珊瑚、龙涎香、贝壳与珍珠。

但是让我们看看同一时候另一个水怪代表团的情景，这个代表团护送的是比目鱼公主，她是绯鲤一世的三姐妹中的大姐姐。

这个代表团也阵容豪华，由一百多个海洋生物组成，有的像男人，有的像女人，像女的各有两条手臂，一个胸脯，一个肚子，但是在腿的部位是一条鱼尾巴，没有人头，而是鱼头或甲壳动物头，或海葵头，或海星头，或其他海洋动物头。比目鱼公主本身是个非常美丽的女人，有一条鳞片闪光的尾巴，长着比目鱼的头。

这个大部队，在尼斯附近冒出海面，来到卵石海滩，慢慢向前移动，一跳一跳，依靠尾鳍保持平衡站立。队伍就这样朝着里昂而去——里昂那时是陆地王朝的首都。只有公主她不走路，她在一个由四位朝臣抬的水立方轿子里游泳，必须知道那个时代，不用瓶子、桶子、袋子、任何种类的容器，就可以把水运走，甚至还可以把水切割成任何块状，既不会坍塌也不会流动，像玻璃一样。

代表团除了公主以外，还携带珊瑚枝、海藻、鱼、蟹、贝壳，总之，各种各样的海洋动物，一旦未来的陆地王后住进她未来的宫殿——水城堡，这些都是给她做伴用的。

现在是解释什么是水城堡的时候了。

这完全是跟空气室相反的东西：一座形状像城堡似的巨大

建筑物，如同石头一般独个儿竖立，但是整体是用一块海水做成的，坐落在国王宫殿的正对面。陆地王后——我们说过——从前来自于海洋，置身于海藻、岩石、鱼、蟹、枪乌贼、海绵和其他她并不陌生的生物中间，也能够活得相当自在。

经过几天行走——或者更应该说几天蹦跳——水精代表团疲惫不堪，心情烦躁，满身风尘，终于在一个夜晚远远窥见帕特里克三世国王富丽堂皇的王宫，及其正对面巍峨的水城堡的雄姿。但是好像谁都没有在等待他们，也无人在那里恭候比目鱼公主和她的随从。即使当地居民也没有看到他们光临的告示。

“这是怎么一回事？”公主把头伸出她的海水立方体问。

代表团团长是一位睿智的老水精，回答说：

“殿下，这确实奇怪，我马上派人去打听消息！”

他喊：“波洛波！”

“到，到！”波洛波立即应声回答。

但是我现在必须跟你们说说波洛波

是谁。

这是一条年轻的章鱼，很机灵，很聪明，很爱逗乐，他利用自己有八只脚，或者说八只触手，跟谁都耍恶作剧。然而他也没有丝毫恶意，大家一般来说也是开个心打个哈哈，在海洋帝国里他被认为是一个可爱的同伴。可是，遇上情况他会一本正经，毫不苟且，此外还急公好义，帮助他人。由于这些良好品质，到处受欢迎。他也时常出入帝国的宫廷，是三位年轻公主的童年朋友，而比目鱼则是她们中间的大姐姐。

波洛波听到有人叫他名字，奔过来说："到，到！"

"你愿意为我办件事吗？"老水精说。

"当然愿意效劳！"

"谢谢，你就去宫殿门口，宣布我们来了，或者不如说比目鱼公主，帕特里克青年国王的未婚妻驾到。"

"我这就去。"

波洛波划着八只触手飞奔而去。

五分钟过去了，然后十分钟，然后一刻钟，然后半小时……最后过了三刻钟，波洛波终于回来了，说：

"陆地国王没了！"

"怎么？你说什么？"

"陆地国王没了。年轻的帕特里克三世不久前被推翻了。陆地王朝如今只是个共和国了。"

"那么谁在统治呢？"

"政权属于胡子总统。自从实行选举之后，是他在统率大家。"

“这下子什么都变了！”老水精若有所思说。“如果我是殿下，我会下命令立即打道回府，怎么来的也就怎么回去……”

“然而你并不是我。”比目鱼公主回答说，“我另作决定。波洛波！”

“请你回头到宫殿去，以我的名义对胡子总统说，如果陆地真的是他在统治，为了保持我们的联盟，我准备嫁给他。立刻把他的回答带回来给我！”

“我去！”

我的波洛波说完就去了。半小时后，这次他回来说的是：

“我见到了胡子总统本人。他在办公室里接见我。他让我对您说，他同意娶您做妻子，从现在开始，您就可以居住在水城堡里。”

“这话他应该自己来跟我们说，”老水精喃喃说。“我觉得他礼数不周。如果我处于殿下的地位……”

“让我再说一遍，”公主说，“你不是处于我的地位。我们进驻水城堡吧！”

这时全团进入水城堡，城堡里面没有门，没有窗户，其实只是一大堆水，竖立在地面上，跟国王宫殿一般高低。至于形状，使人想起大家小时候在沙滩上都堆砌过的要塞碉堡，或者在自己的房间里搭的立方体积木。

几个小时后，公主在这里犹如在家里那么自在，四周环绕的是她的珊瑚、长藓苔岩石、海洋动物和贝壳。入夜之后，时光流逝，白日即将升起，但是没有人从王宫过来问一声，是不是有谁需要什么东西么……

“波洛波！”公主说。

“在这里呢，在这里呢！”

“你愿不愿意辛苦一趟？”

“我愿意，那还用说！”

“谢谢。烦你到宫里去问胡子总统，他对我们这个白天怎么安排。帝国代表团从来没有受到过这样的接待！”

“我去！”

波洛波去了，这次大出意外的是他不到十分钟就回来了。他解释说：

“胡子总统说不许人家叫醒他。然而关于我们的事他好像下达过命令。他说公主可以留在水城堡。他明天，不行的话就这几天内见她。至于代表团，可以回去，共和国也不需要他们！”

老水精这一次气得满面通红：

“这太过分了！无礼之至！帝国使臣从来没有受到这样的怠慢！殿下在这里一分钟也不应该待！我处于殿下的地位，早已……”

“处于我的地位，我的朋友，”比目鱼公主悠悠地回答，“您首先要想到不顾任何代价，拯救陆地共和国和海洋帝国的联盟，以符合两国人民的利益。我承认这里的关系令人不安，但是我的责任已经明确：我命令你们回去，我将留在这里。不论等待我的是什么命运，我一概都事先接受。”

水精们徒然讲道理、恳求和祷告，什么都不能叫她改变主意。他们最后走上回家的道路，不落一滴眼泪，因为这个族种是不哭的，虽则心里难受！他们走着，跳着，钻入水中游泳，终于回到了海洋帝国，他们把一切遭遇作出忠实的陈述。

“我的妹妹比目鱼，”皇帝说，“是一位真正的公主，她知道她的的职责所在。希望我们不用多久就能得到她的消息。至于我，我已经尽了我的职责。”

几个星期过去，然后几个月，然后一年。

一年后，有一个人在皇帝宫殿前慢悠悠地倒了下来。他是从上面，从海面上来的。他被人放在一艘战船上，从那里下水，然后放任自流到了这里。

“你从哪儿来？”皇帝问他。

那人毫不犹豫回答：

“我受陆地皇帝胡子一世的差遣。他向你的第二位妹妹鳗鱼公主求婚。”

“可是他不是已经有了比目鱼总统夫人了吗？”

“是比目鱼皇后！”那人生硬地改正说，“不错，他是有了，但是根据最近通过的一条新法令，他有权娶两位皇后！”

“这样的话，”海洋皇帝说，“我欣然接受，我立即去组成一个送亲团……”

“不需要送亲团！”那人插话道，“我们这些陆地革命派不喜欢繁文缛节，也不喜欢铺张浪费。请把鳗鱼公主交给我，我把她带走，那艘船还在等着我们上去呢。请赶快办理，我没有时间可以耽误！”

“这个，”皇帝说，“这不符合皇家礼仪……”

“就这样办吧，”那人说，“其他一切都不必要了！”

那时进行了一场激烈讨论，因为朝廷上的水精认为受了轻视，不愿意让公主就这样被人家带走。但是公主听说这件事，使大家意见都趋于一致，她说：

“我看出陆地的风俗习惯显然已经大为改变，事物也不再与

以前相同……但是我不愿意在勇气方面稍逊于姐姐，我要像她那样，为了保持我们美好的联盟作出牺牲。不论发生什么，陆地王国的人民与海洋帝国的水精必须世世代代友好下去！”

她向大家道别，挽着那人的手，一同登上等着的那艘船。船朝着尼斯方向驶去，岁月又悠悠流逝。

六个月后，又有一个人闯入绯鲤一世的宫殿，他也像第一个那样乘船而来，跳下水后沉入海底。

“陛下，”他说，“我来寻找你的三妹妹菱鲆[①]公主。”

我想这下子你们懂了，是菱鲆公主，不是长胡子的公主，你们不会误会了吧。她也是像她姐姐那样的一个水精，或者你们也可以称为水妖，有一个鱼的头，不是她大姐那样的比目鱼头，也不是她二姐那样的鳗鱼头，而是称为菱鲆的头。于是那人对皇帝说：

“我来寻找的是菱鲆公主。”

“为什么呢？”

“为了让她嫁给陆地统一党终身秘书长胡子同志！”

“喔唷，”皇帝说，“不就是胡子皇帝么？”

“胡子同志！”那人无礼地更正。

“就随你说吧。胡子同志不是已经有了两位夫人了吗？我若没有记错，他接连娶了我的两个妹妹比目鱼公主和鳗鱼公主，不是么？”

“他娶了她们，”那人傲慢地说，“但是两周以前，又有一

---

① Barbue 一词，法语中作“菱鲆”解。与形容词“长胡子的”（barbue）一词同样拼法。菱鲆是一种温带海水鱼，可食用。

条新法令让他有权利娶第三位女同志！”

这次，在御座殿里又掀起一场轩然大波。年轻的波洛波在朝廷上，没有等到讨论结束。他一秒钟也不耽误，悄无声息，私下去找菱鲆公主，她在三姐妹中最年幼，也是他要好的玩伴。

“菱鲆，”他说，“你要小心了！有一个人刚到，从水面上来的。他要把你带走，像你姐姐那样，嫁给胡子暴君。”

“要是这样的话，”菱鲆说，“为了保持两国人民的联盟和平安我会去的！”

“菱鲆，菱鲆，”年轻的波洛波一边扭动他的触手一边说，“你若相信我的话，开头不要答应，把你的拒绝拖上越久越好。我在这个时间，上岸去想方设法打听消息，因为我总觉得这件事里有蹊跷！”

“你真好，我的小波洛波，”公主回答说，“但是我不能拒绝太久！这关系到两个国家的巨大利益！”

“你要是能够就拒绝一天，若不能就一小时，再不然就一分钟。即使多拖一秒钟对我也是宝贵的，再见！”

“再见，我的小波洛波。我尽力而为！”

波洛波走远了，像一支小火箭一颠一颠，又像一颗心那样怦怦跳动，那些章鱼急于游动都是这样的。

几乎在同时，老水精来找菱鲆公主。

“您的兄长皇帝请殿下过去！”

“我马上就来！”

公主一到那人面前，问：

“先生有何贵干？”

“我是来迎亲的，”他说，“您将嫁给陆地统一党终身秘书长胡子同志。”

这时菱鲆装得不懂的样子，她提出问题，叫他重复回答，又询问不明之处，要求补充解释，明确细节……那人回答愈来愈急躁，不耐烦，气势汹汹三言两语就想结束。他最后按捺不住：

“说够了吧！让我们走吧！”

“我要求考虑……”公主说。

“您以后会有考虑的时间！上路吧！”

“请再待一分钟，我来作决定吧……”

“您是拒绝吗？”

“当然不是！”

“那么您是同意了？”

“可能会……”

“没有什么可能！只有是与不是！”

“我要是回答不是呢？”

“您要是回答不是，”那人带着恶意的微笑说，“我们将在海里放毒，水怪一族将面临灭绝！”

“但是你们没有权利这样做！”

“权利，我们会夺取！”

“但是你们不能够……”

“我们能够做到，就会去做！”

“喔，”公主说，“我们的人民是朋友。陆地的人绝不愿意……”

但是那人打断她的话，说：

“我们的人民愿意做党要做的事，党也只做胡子同志要做的事！”

“这样好吧，”菱鲆公主说，“我跟着您去。”

她在死一般的沉默中登上船，就像她的鳗鱼姐姐在她之前那次一样。

但是在这段时间内，波洛波在做什么呢？

波洛波可是没有闲着！他头朝向前方，尽其能力全速朝着尼斯方向游过去。他那勇敢的小身体，像一颗跳动的心，像一个握紧的拳头，收缩，放松，然后再收缩，每次收缩他朝前蹦了一大步。他卖力地往前冲，很快抵达卵石海滩，迅速钻出水面，用八腕前进，爬上了码头。那一天，海水上涨。巨大的波浪撞碎在大圆石上，也使石头旋转发出咬牙切齿的声音。

“这才好呢，”波洛波想，“这样，船只将费更多时间才能到达！”

他迅速朝着城市走去，直接去造访巫师吕丹。

在尼斯，人人都知道巫师吕丹，他善施魔法，非常博学，非常机灵，他家藏有丰富的魔法书。他一看到波洛波，毫不迟疑说：

“啊！你终于来啦！”

“您在等着我吗？”波洛波问。

“当然，我在等着您！我通过我的魔法书可以未卜先知。”

“既然如此，您可能给我说说一切过往，又会有怎样的结局吧？”

“我应该可以，”吕丹说，“但是我没有权利这样做。你该做什么，你怎么去做，这全是天意，也由你担当一切风险。你不是要去里昂吗？”

“是的，我要知道那些公主怎么样了。”

“我知道，我知道……但是你去之前要随身带上三部书……请稍等片刻！”

巫师一边说着这些话，一边拿了一把大梯子，爬上去，在书架上搜索，然后下梯子，手里拿着三部小书，用一根橡皮筋捆在一起。

“这里，拿着！”

“但是我没有时间看啊！”波洛波推托说。

“看不看不是问题。”吕丹说，“我还劝你一部都不用打开，只是遇上紧急情况使用……你暂且只要看个书名！”

第一部书名叫：《布罗卡街童话故事集》。

“先说这部书，”吕丹说，“你打开时，这里面的故事与人物都会神秘地潜入你的敌人的睡眠中，让他们噩梦不断！”

第二部叫：《比波王子》。

“这部书，”吕丹说，“你打开时，这里面的武士带了他们的武器，跟随他们的领袖，过来站在你这边战斗。”

第三部叫：《无的福音书》。

“这部书，”巫师说，“是三部书里最厉害的一部，因为它里面包含的是无，无是那么威武强大，没有人能够抵挡。你遇到生死关头，万不得已时才能打开这部书！现在快去吧，趁菱鲆公主的船还没有抵达港口之前赶到里昂去吧！”

“谢谢，吕丹先生！再见，吕丹先生！”

波洛波去了，三部书夹在他的一只触手里，用其他七只扭来扭去走完全程。

当他进入里昂大城邑，夜色正在降临。他终于到达胡子同志宫殿与水城堡之间的大广场上，天几乎全黑了。他首先进入水城堡，希望在里面找到两位公主中的一位。但是他徒然寻找，巨大的水建筑内空无一人。

他看到这种情况，把三部奇书放在安全之处，然后又出来到了广场上，趁哨兵不注意时偷偷潜入石头宫殿。

在厅堂、廊亭、过道、楼梯之间多次来来回回，他终于走进了一个大房间，摆了一张很大很大的床，床上鼾声如雷的就是那位大人物胡子同志。这位秘书长前一天吃得太饱，尤其喝得太多，睡眠中念念有词，不停翻身，咽口水，喷出一股强烈的酒气。波洛波不去弄醒他，却对他轻声说：

“胡子，你听见我说话吗？”

“是的，我听得见，你是谁？”暴君回答，人却继续在睡。

“我是谁不重要，”波洛波说，“比目鱼公主，你对她做了什么？”

“我把她吃了。我爱比目鱼。”

“这正是我一直担心的事……你又对鳗鱼公主做了什么？”

“我也把她吃了。我爱鳗鱼。”

“这样的事你能给我提供证据吗？”

“这太简单了，”胡子咕哝着说，“只要打开我床头的那扇小门。

波洛波找到门，打开，他看见什么呢？一间小室，光线很暗，墙上有三个壁龛。他走近去，仔细看，摸了一下，吓得往后退。

在第一个壁龛里，是一具尸体，带着比目鱼的头和鱼的尾巴。

在第二个壁龛里，是第二具尸体，也有一条鱼的尾巴，但是是鳗鱼的头。

第三个壁龛是空的。

波洛波走出小室，重新关上门，又说：

“胡子，你听见我吗？”

“是的，我听见你的，你还要什么？”

“你打算怎样对待菱鲆公主？”

“我会把她像她的两个姐姐那样吃掉。我爱菱鲆！她的尸体将放入小室的第三个壁龛里。”

“我猜想也是如此。胡子，你没有权利这样做！”

“我不知道什么叫做权利。我想这样做，谁也不能反对！”

“你对我们的长久联盟关系怎么看呢？”

“我才不管什么联盟呢，我爱做什么就做什么！”

“我警告你，胡子，你要是试图吃菱鲆公主，只怕你会夜不成眠，噩梦不断！”

“我不怕噩梦。”

“那好，我警告过你，再见啦。”

这时，波洛波走了，像他来时那样，让暴君在他的大床上继续打呼噜。

但是就在他走进水城堡时，他看到菱鲆公主已在里面，大为惊奇。

“怎么，你已经到了这里？”

“我刚到，”公主说，“但是你又从哪里来的呢？”

“我来早了，”波洛波说，“趁机去看了看胡子同志，他睡着，我跟他稍许谈了几句，很有收获。”

“说了什么？我的姐姐在哪里？”

“胡子把她们吃了，他也要吃你。”

“我料到会这样，”菱鲆说，“这样的话，我过不了今夜，因为陪伴我到这里的那个人对我说，秘书长早晨会来接我。”

“啊！真的吗？”波洛波说，“好吧，看看会是什么情况！”

他取出第一部书，书名《布罗卡街童话故事集》，打开，翻动书页。当他这样一页一页往下看时，印刷字母都从纸面上跳了出来，开始在四周浮动，就像微小的黑鱼。最后一页翻过去后，这部书也就成了都是空白页的本子，而这些小黑鱼集中一起，摇摆着身子离开，游出水城堡，像一群苍蝇似的继续飞动，从一扇打开的窗子飞进了宫殿。

五分钟后，传出一声尖叫，这是从噩梦中惊醒的男人的尖叫。胡子同志梦见一个大屁股的巫婆，对他一边用扫帚啪啪打，一边在后面追。

黑夜里，月光下，整座宫殿开始发出嘈杂的声响。明灯点亮，人影幢幢，号令响起……秘书长醒过来，听说没事后感到宽慰，终于又睡着了。

但是十分钟后，又听到同样的尖叫声。是独裁者在做梦，这次是一个头长脚尖的魔鬼，用一把尖尖的三叉戟刺他的屁股……

又是骚动，又是灯光，又是匆忙走动，然后又是宁静，又是熄灯，又是悄然无声……但是一刻钟后，又是同样的惊叫……

反正整个夜晚，胡子只是反复地入睡与惊醒。他每次闭上眼睛，看到身后有幽灵、巫师、魔鬼追逐……书本上的鬼魂轮流攻击他，谴责他做过的恶事。

第二天早晨，军乐声响起，宫殿大门打开，里面走出一队骑士。骑士中间是胡子同志，满脸倦容，眼圈发黑，骑在一匹白马上。他走进水城堡，竭尽全力大叫：

“海洋女巫，给我出来，我要把你像你两个姐姐那样吃掉！你就知道害我做噩梦要付出怎样的代价了。

菱鲆公主正要回答，但是被波洛波阻止：

“不要回答。”

片刻沉默以后，胡子又开始叫：

“别装聋作哑了，我知道你没睡，你听得很清楚。一次，两次，你不愿出来吗？”

没有回答。

“再说第三次，你愿不愿意跟我走？”

“我或许还是去的好。”公主喃喃说。

“绝不能去！”波洛波说，“待在这里，什么话都别说……”

“既然如此，”胡子说，“我知道接着该怎么做了！”

他回到宫殿，后面跟随骑士。

半小时后，出现一大队头戴钢盔、全副武装的警察。

“现在是应用第二部书的时候了。”波洛波说。

他拿起《比波王子》，摊开翻阅，就像他翻阅《布罗卡街童话故事集》一样。但是这次逃出书页的字母，没有离去而是散开在水里，生长壮大，变成了鲨鱼、鲟鱼、水母、鲉鱼、海鳝、鳐鱼、魟鱼、蝰蛇、鳄鱼、凯门鳄、食人鱼和其他恐怖动物。

闯入水城堡的警察立即遭到这些野生动物的袭击，在不到把乘法口诀背到七的时间内，叮他们、刺他们、毒他们、咬他们、撕他们、嚼他们、啃他们、吞他们、咽他们、叼他们、舔他们、消灭他们，把他们消蚀得尸骨不剩！

“这次，”波洛波说，“我希望胡子明白过来了吧！”

但是不，胡子还没有明白过来。半小时后，他依然骑了马在卫队簇拥下过来。

“海洋女巫，你要投降吗？”

没有声音。

“海洋女巫，你要是不投降，我将在水城堡里放毒弹，把你们统统药死！”

还是没有声音。

“海洋女巫，注意啦！你若躲着不滚出来，我不但怎么说的会怎么做，还要在海水里放毒，叫你们整个族类灭种！”

“这下子，”公主说，“我应该投降了吧！”

“千万不！”波洛波说。“我来打开第三部书。”

“不要打开！这太危险了！我宁可献出我的生命，给他吃了算……再见啦，波洛波！我过去了！”

“我不许你过去，听见了吗？”

“应该过去的。再见啦！”

菱鲆公主走出水城堡。

胡子看到她，脸上露出邪笑。公主看到这笑容，停步不前，但是转而一想，又往前走去，用鱼尾一颠一颠凑近骑在马上的那个人。

“逮住她！”胡子大叫。

但是在他的手下有时间作出反应以前，波洛波抓起《无的福音书》，把它打开，迅速翻动书页。

这时从打开的书页中“无”走了出来，那个无边无际的“无”。在同一时刻，在整片陆地、在全世界，水不再直立，可以任意塑造和定型，保持它的原有形状。有许多建筑物都是用水建成的，都同时垮了下来，流泻，泛滥，翻腾如瀑布，沿着斜坡而下，冲着山岩夺路，倾斜滚动，一路上夹带着树木、房屋、村庄和人，最终朝着大海浩浩荡荡奔流而去。水城堡像其他万物，淹没了乡野，摧毁了宫殿，把胡子同志和全体卫队都卷入汹涌的波涛中，沿着地面的斜度，沿着今天外面所称的罗讷河谷，随同波洛波和菱鲆公主冲向地中海。这条至今仍在流淌的大河其实就是不断回流到海里的水城堡。

至于陆地上发生了什么情况，那事不要问我，因为我一无所闻。据我所知，波洛波和菱鲆公主一路顺利回到了绯鲤一世的宫殿，一起漂走的还有胡子和不多几个人的尸体。从这天起，陆地与海洋联盟也告结束。大家再也看不见鱼在旱地上散步，鱼一离开水就会窒息而死。人也不再在海底旅行，那些不惜一试的人，若不愿溺死，必须配备笨重复杂、还非常昂贵的工具。此外他们要冒着极大的风险，会被各种各样动物吞食。至于说到水精与水妖，从前是我们的兄弟与盟友，现在都小心翼翼躲开我们，以致大多数学者断定他们不再存在。

可能有一天，这些古老的仇恨会忘记。有一天，多年的创伤会平复，旱地的民众与湿地的民众最后又会重归于好，可能有一天，我们的孩子可以到海里去跟章鱼、水母、海豚、抹香鲸一起游戏，不用担心风险；那些水精也可以回到我们中间散步，用尾巴尖滑稽地一颠一颠。但是等到那一天到来，还要过去很长的时间吧！

女巫和警长

我住的那条街非常美丽，满街都是店铺，每个店铺经营一个行业。这样，我的街有了各行各业的美丽商品。

有一家面包店，
做老年人吃的圆面包。
有一家杂碎卤味店，
卖下水和脚爪。
有一家石匠店，
做石头上衣。
有一家饭店，
给老建筑恢复生气。
有一家鞋铺，
谁要穿鞋都可来穿。
有一家理发店，
谁要理发都可来理。

有一家皮货店，
谁都可以穿上暖身体。
有一家药房，
谁都可以来按摩。
有一位钢琴调音师，
他不会让钢琴讲粗话。
有一个会切肉的肉贩子，
一个会堵路的屠夫，
一个会封管子的管子工，
几个会打泵的消防员，
一个会翻地的佃农，
一个会开门的引座员，
一位镇长和两个八十岁老人，
三个女佣和四块奶酪，
最后还有一个**女巫**！

那个女巫，不是大家一眼就能识破的女巫，起初以为这只是个普通的老婆子，头发可能乱了些，衣服又破了些，尽管头发挂在眼睛前，嘴里只剩下一颗门牙，脑后鼓起一个包，鼻子下悬着一滴鼻涕，这都算不得是一件罪恶。

她住在一幢小房子里，四周是个小花园，铁栅栏朝向大路。

然后有一天，有一辆出租车，一辆车身全部蓝色的出租车，还带个俄罗斯司机一起失踪了。大家到处寻找，但是人与车子都没找到。然而第二天早晨，大家看到女巫花园里，铁栅栏后面，

有一只全部蓝色的美丽南瓜，南瓜旁边有一只红色的肥老鼠，头戴一顶娇丽的鸭舌帽，一屁股坐在地上。

这时，有人心里有了些想法。

两天后，又是一个女裁缝失踪了，她像是生活在从前时代的女裁缝，接了活在家里干，缝补袜子，钉扣子，还做来料加工，给客人定制新长袍。现在她失踪了。

这次，大家寻找了整整一个星期。然后一星期后，有人发现女巫近来有一只淡紫色蜘蛛，给她在窗口编织美丽的刺绣窗帘。然后，接下来的星期天，女巫去望弥撒，穿了一件用蜘蛛丝新编的美丽长袍。

这次，群众纷纷议论开了。

然后，下个月里有三个人失踪：一名警察，一个女佣，一名地铁职工。大家搜遍了所有房屋，探测了所有地窖，侦查了所有阴沟，一无所获。但是在女巫的花园里，有了三只新动物：一条绿色的狗，一只黄色的猫和一只橘黄色的鼹鼠，这只鼹鼠不停地挖地道。

于是我们街区的居民义愤填膺。他们逮住女巫，把她扭送到警察局。警长问她：

“女巫，女巫，你的花园里有些什么？”

“我的花园里？”女巫说，“也没什么特殊的东西啊！

我有香芹
和红皮萝卜。
我有胡萝卜

和香葱。
我有鲜花、
菜花和香豌豆……”

“女巫，”警长说，“我不跟你说你的香芹和红皮萝卜，你的胡萝卜和香葱，我跟你说的是那只蓝色南瓜！”

“啊！您要说我的那只蓝色南瓜！好吧，早该这样说了！这是我用一辆出租车变的。”

“为什么你要把这辆出租车变成南瓜？”

“因为一只南瓜，好看，圆滚滚，切成片，放到汤里，味道好香。因为一只南瓜，既不发出噪声，也不冒出浓烟，既不占马路面积，也不消费汽油和轧坏行人……”

“司机呢，女巫，你拿他怎么样啦？”

“司机么，我把他变成了一只老鼠！”

“为什么？”

“当然是让他过得更幸福！”

“谁允许你这样做的？”

“没人，但是他若过得更幸福……”

“问题不是在这里！不管幸福不幸福，司机应该依然是司机，出租车依然是出租车！”

“喔！为什么？”

“就是这么回事！但是，女巫，事情还没完呢，你的房子里有些什么？”

“我的房子里？”女巫说。“我只有一些极为平常的东西！

首先我有一扇门，
让人走出又走进，
门口有块草垫，
可以擦擦鞋底，
我有一张大床睡觉，
我有一张桌子写字，
我有一把椅子坐下，
四扇窗子看景致……”

“现在就来说说那些窗子！”警长说，“你的窗子上有窗帘吧？”

“是的，”女巫说。

“这些窗帘，是谁做的？”

“是我忠诚的淡紫色蜘蛛，您看我穿在身上的长袍也是它做的……不漂亮吗？”

“问题不是在这里！是你把私家女裁缝变成了这只蜘蛛，不是么？”

“这是真的，但是这没有改变什么，她依然还是私家女裁缝。”

“我可不愿意听你这么说！你没有这个权利！”

“喔！为什么？”

“事情还没有完呢！你的动物呢？”

“我难道也没有权利养几只动物么？”

“天然的动物是可以养的，你要付上许多税！”

“那么我的动物……”

“你的动物不是真的动物！你的绿色狗是个警察！”

“是么？是它不时髦吗？”

“问题不是在这里！你的那只雌黄猫是个女佣……”

“是么？是她不听话么？”

“不要东扯西拉，你的橘黄色鼹鼠，是个地铁职员！”

“是么，它不帅么？”

“又是胡搅蛮缠！我看你还是乖乖让这些人和出租车恢复原形！至于你，去进牢房吧，这是教训你不要胡作非为！”

“哼，那又怎么样！”女巫说。

但是不做也不行。

她把南瓜又变成了汽车，但是老鼠已经把它啃过，车身上留下一个洞。

她把红老鼠又变成了司机。但是司机不满意，因为他不能再吃他的车子了，他声称开车带来的收入不高。

在这之后，女巫又要重新把那只淡紫色蜘蛛变一变，变成一个女裁缝。但是女裁缝立刻又哭哭啼啼的，说她宁可编织窗帘和长袍，也不愿去修补那些破布烂衣。此外，她还必须赚钱谋生，在女巫家里，只要每天吃上两三只苍蝇就饱了。

最后女巫又把那条绿狗变成了警察，雌黄猫变成了女佣，橘黄色鼹鼠变成了地铁职员。

但是警察很不开心，他最近结识了一条小雌狗，身体特别好闻……他愿意跟它结婚，但是做了警察就不能了！

女佣用葡萄牙语哭哭啼啼，大声说她整天打扮自己，舔自己，远远胜过在不属于自己的公寓里倒垃圾箱和推吸尘器。

至于那个地铁职员，他失业了，因为他没去上班时公司用一台电子机器代替了他的工作。于是他开始不停地喝酒，给我们讲述他的故事，从周日上午到周六晚上，每天成百遍见人就唠叨他在女巫花园地下钻的所有的洞。

这样，人人都不满意。女巫，那个女巫，则是关进了牢房。

为了不让她太无聊，就给她派点儿活干。

派给她的工作是编篮子。但是柳条到了她的手指间，就变成了香蕉树。

要她做绳底帆布鞋。她拿了线编的不是鞋底，而是蛇，露出尖牙齿嗞嗞叫。

要她绣餐巾。餐巾一绣上线，就变成绿色森林、草地、湖泊、池塘，水里有鱼在游，有牛在饮水，水边有苍鹭捕鱼。

这时候，大家都明白了，别想从女巫那里得到什么，也就不再让她做什么。

她就感到无聊了，无聊了！

街上的人，他们也感到无聊了！

在一条街上，老鼠就是老鼠，狗狗也只是狗狗，猫是猫不会成为别的，鼹鼠——若有的话——一生也不会成为鼹鼠以外的东西；在一条街上，南瓜生来是南瓜，一生过着南瓜的生活，死也死在南瓜的皮里，在这么一条街上，大家是不会玩得开心的！

于是我，下决心要把女巫放出来。

我开头给共和国总统写了一封极有文采的信，我拿了一张纸和我最美丽的钢笔，用我最美丽的书法，写了这么一封信：

总统先休（总统先生）
我叫皮埃尔先休（我叫皮埃尔先生）
放走女巫
我会很高请！（我会很高兴！）[①]

这信写得简洁明白，也礼貌周到，我发出这封信，然后等待，等待……但是总统没有回答。

于是我有了组织政党的意向。

我召集所有的朋友到一家咖啡馆，我付钱请他们喝酒，不这样他们都会溜走，我们共同建立了 M.L.S，也就是“女巫解放运动”[②]。

我们选出一个领导办公室，
我们给报馆写信，
我们召开会议，
通过决议，
我们进行讨论，

提出一大堆动议，
我们贴海报
（可是我们经费不多），
发表一些谁都不会看的会刊……

① “我”的书写有拼写错误，所以译者在翻译时存心使用了错误的字，括号内是正确的意思。
②女巫解放运动的原文是 Mouvement pour la libération des sorcières，所以缩写就是 M.L.S。

最后我参加议会选举，由于不知疲倦地进行宣传，我获得千分之一的选票，这是一个不错的开头……但是要人放出女巫，摆明了这是不够的。于是我解散这个运动组织，决定开展地下活动。

我首先做了一只大蛋糕，蛋糕里面暗藏二十厘米长的线和十来根火柴。女巫有了这些东西，再加上她的魔咒，可以给自己做个梯子，简直不费吹灰之力……

可是卫兵也是聪明人，他们切开蛋糕，从里面取出线缝自己的纽扣，取出火柴点自己的烟斗。

这时候，我做了第二只蛋糕，在蛋糕底下贴上两根从我枕头里取出的羽毛，女巫用这两根羽毛，做成两只翅膀，从窗子飞出去，那简直跟玩儿似的……

可是卫兵是机灵鬼，他们收下蛋糕，然后把它翻过来。他们拔掉羽毛，插在自己帽上，好在星期日出客逛街。女巫吃下蛋糕，甚至没有给我写信表示谢意，说一声蛋糕的美味。但是她还是关在监狱里。

这时候我想了又想，这一次想到一计，给女巫送去一块平常的汝拉干酪。

看守把它检查，细看，翻过来，转过去，掂了又掂分量，内部探测，外表观察，细细看，慢慢嗅，正切，横切，斜切——最后他们交给了女巫。

女巫么，她立刻明白她该拿来做什么。

她取出奶酪上的一个孔眼，贴在墙上，墙上多了一个洞。

然后她又取出另一个孔眼，贴在门上，门上多了一个洞。

在墙洞与门洞之间，吹起了一阵轻微的清风。女巫只要念一遍她的奶奶教给她的古老符咒，就变成了一股气流，就这样她逃了出来……

也没有人通缉她，这里面有个充分的理由：监狱看守疏于职守，竟然让她越狱成功，感到那么难为情，也就对此一字不提，不了了之。

就是这样，女巫又回到了我们中间。

她重新住在我的街上，
很多人已经失踪，
但是大家知道他们很幸福，
没有人为他们担忧！
她逮住卖牛奶姑娘，

把她变成了一头奶牛；
她逮住鞋匠师傅，
把他变成了一棵栗树；
她逮住邮差，
把他变成一台冷冻柜；
她逮住一名清洁工，
把她变成一台三角钢琴；
她逮住一个流浪汉，
把他变成一块告示牌，
会有那么一天，她逮住了我，
随性所欲，要我变成什么是什么！

（完）

皮埃尔·格里帕里
和克洛德·拉普万特

皮埃尔·格里帕里的作品深受广大儿童的喜爱，进入小学生教材读物，继续在发挥其影响。他的故事幽默俏皮，想象丰富，用词细腻，又加上他的叙述引人入胜，令人一读再读，爱不释手！

克洛德·拉普万特是法国绘本的重要人物之一，他是斯特拉斯堡装饰艺术学校插图工作室创建人。